HENRIKE MÜLLER (HRSG.)

Neue Weihnachtsgeschichten

zum Vorlesen

HENRIKE MÜLLER (HRSG.)

Neue Weihnachtsgeschichten

zum Vorlesen

Mit Minutenangaben

camino.

1. Auflage 2022
Ein camino.-Buch aus der

Umschlagmotiv: © shutterstock.com, Lisla
Gesamtgestaltung: Finken & Bumiller, Stuttgart
Hersteller gemäß ProdSG:
Druck und Bindung: Finidr s.r.o., Lípová 1965, 73701 Český Těšín, Tschechische Republik
Verlag: Verlag Katholisches Bibelwerk GmbH, Silberburgstraße 121, 70176 Stuttgart

www.bibelwerkverlag.de
ISBN 978-3-96157-181-9

Inhalt

Vorwort

Seit mehreren Jahren widmet sich unser Literaturnetzwerk dem Schaffen schreibender Frauen; von damals, aber vor allem auch von heute! Die Vielfalt und Lebensnähe, Aktualität gesellschaftlicher aber auch persönlicher Fragen, der Umgang mit sich, der Familie, Freunden und letztlich sogar mit den traditionsreichen Festen – ein Kaleidoskop an Überraschungen eröffnet sich mit jedem Projekt, jeder Lesereihe und nun auch mit diesem Buch. An dieser Stelle herzlichen Dank an unsere Autorinnen, die uns mit diesem schönen Band an ihrem literarischen Schaffen teilhaben lassen. Mit Energie, Begeisterung und großer Offenheit haben sie sich dem gemeinsamen Werk – wortwörtlich – verschrieben.

Wie jede Kunst muss auch die des Schreibens fortwährend trainiert und geübt werden. Unser Netzwerk verdankt sehr viel der erfolgreichen Autorin Nina Blazon, die uns in mehreren Schreibwerkstätten Wissen und Können, Inspiration und überbordende Freude am Schreiben weitergegeben hat. Ihre Jugendromane standen bereits mehrfach auf der Spiegel-Bestsellerliste. Neben Fantasy für Kinder und Jugendliche schreibt sie erfolgreich historische Romane und Belletristik für Erwachsene. Seit 2019 arbeitet die Autorin auch als Dozentin für kreatives, therapeutisches und biografisches Schreiben.

Allen Vorlesern und Vorleserinnen wünschen wir Neugier und Freude beim großzügigen Verteilen ihrer Vorlese-Geschenke mit Hilfe von mehr als 25 neuen Geschichten für die Advents- und Weihnachtszeit.

Im Mai 2022, Henrike Müller

Es begab sich aber zu dieser Zeit …

9 Minuten

HANNA NUBER

Eine moderne, sehr persönliche (Weihnachts-)Geschichte, die über das Damals und heute reflektiert – und dabei auf die schönste Weise zeigt, dass es bei all den dunklen Momenten im Leben immer auch Hoffnung und Freude gibt.

Es ist März und ich sitze auf der windgeschützten, noch sonnenwarmen Terrasse und warte – warte etwas ratlos auf einen Gedankenblitz als Text-Aufhänger für die vorliegende Weihnachtsanthologie. Neben mir sitzt mein Mann, auch er wartet – ja, wir beide warten auf eine Handynachricht aus der Klinik, dass unser neues Enkelkind sich endlich entschlossen hat, diese Welt zu betreten, beziehungsweise im hell erleuchteten Kreißsaal in die Welt zu gleiten. Wir sind hier als Babysitter für den großen Bruder und warten, wie gesagt, auf News von der Geburt des kleinen Bruders.

Der Großvater neben mir genehmigt sich ein Glas trockenen Rotweins, wohl nicht nur um des Genusses willen, sondern vielmehr auch, um die angespannte Warterei zu überspielen.

Die werdenden Eltern sind bereits seit geraumer Zeit in der Entbindungsklinik und warten dort mit der, nach wiederholten Schichtwechseln, jetzt diensthabenden Hebamme auf Wehen und andere Vorzeichen zur längst überfälligen und erhofften natürlichen Geburt. Für uns als Großeltern ist dieser Einsatz eine sehr willkommene Aufgabe, erinnern wir uns dabei doch gerne an die wunderbare Zeit des Aufwachsens unserer eigenen drei Kinder, die wir trotz manch durchwachter Nacht und gelegentlichen Sorgen und Aufregungen doch sehr genossen haben. Beim Aufwachsen unserer Enkel wiederholen sich viele dieser Glücksmomente, Situationen haben oft einen frappierenden Wiedererkennungswert. Die fröhlichen Erlebnisse mit unseren Enkeln und ihr ständiges Fragen lassen in unseren Gehirnen täglich neue und wichtige Synapsen entstehen, was nachweislich für einen regen Geist im Alter sorgt.

Und endlich – während des familiären Rückblicks und langen Wartens kommt sie! Nein, nicht die Geburtsnachricht, sondern die spontane Idee zu einer sehr persönlichen, zeitgenössischen Geschichte zum Thema „Wunder der Geburt".

Aktuell nicht auf das Wunder der Geburt Jesu vor gut zweitausend Jahren bezogen, sondern auf die Geburt von „Baby Boy N.N.", der Nummer vier unserer Enkelschar.

Augenblicklich kommen mir Textzeilen traditioneller Liedtexte wie „Holder Knabe im lockigen Haar", „Ihr Kinderlein kommet" (na ja, Plural ist hier kein Thema) oder „Zu Betlehem geboren" in den Sinn. Assoziationen zur christlichen Weihnachtsgeschichte im Neuen Testament gesellen sich dazu: zum Evangelium nach Lukas 2,1–20, wo die Geburt Jesu in einer Krippe im Stall zu Betlehem niedergeschrieben ist.

In unserer aktuellen Situation gibt es dazu Parallelen. Zwar ist der „lange und beschwerliche Weg von Nazaret in Galiläa hinauf nach Judäa in die Stadt, die da Betlehem heißt, um sich für die Volkszählung registrieren zu lassen", heute kein Thema. Aber in der Jetztzeit wird man auch registriert. Allerdings geht es nicht darum, „alle Bewohner des Reiches in Steuerlisten einzutragen", sondern um verlässliche Zahlen für die Verbreitung von Covid-19 zu erhalten.

Die mürrischen Wirte damals haben die hochschwangere Maria und Josef, ihren Verlobten, aus kommerziellen Gründen abgewiesen. Heute ist dieses Problem anders geartet. Aufgrund der Pandemie gilt ein amtliches Beherbergungsverbot – sehr zum Ärger der inzwischen auch mürrischen Wirte. Auch sucht man vergeblich nach einem einfachen Stall mit hölzerner Krippe, wie weiland in Betlehem. In unseren Ställen mit industrieller Tierhaltung fehlt das ruhige, gemütliche Ambiente, meist auch Stroh für die nicht vorhandene Holzkrippe. Diese ersetzen heute, bei Bedarf, funktionale Wärmebettchen auf der Entbindungsstation.

Aus hygienischen Gründen und gemäß Tierwohl sind im Kreißsaal Ochs und Esel nicht zugelassen, um das Neugeborene mit ihrem Schnaufen zu wärmen. Maria und Josef hielten wohl intuitiv die heutigen AHA-Regeln ein. Sie wahrten eineinhalb Meter Abstand, getrennt durch die Krippe mit dem Jesuskind in der Mitte. Beide stammten aus einem Haushalt, einer Lebensgemeinschaft mit maximal zwei Personen, das neugeborene Kind zählte nicht. Also alles konform mit den gültigen Regeln während der strengen Lockdowns. Auch die Hirten hielten sich mit ihren Schafen und Hütehunden in gebührendem Abstand vor dem Stall auf.

Zurück ins Jetzt: Die Eltern unseres erwarteten Enkelkindes leben in einer legalen, amtlich besiegelten, ehelichen Verbindung. Sie warten auf ihr zweites Kind, einen hoffentlich gesunden Buben, in einem hochtechnisiert ausgestatteten Kreißsaal einer Klinik am Bodensee. Und wir, die Großeltern, warten seit nahezu zwei Tagen mit dem zweijährigen Bruder im festen Wohnsitz der jungen Familie. Das Baby lässt sich jedoch deutlich mehr Zeit als damals das Jesuskind, wo es mit der Niederkunft ziemlich eilte.

Einen mehr als grauenhaften Bezug gibt es leider derzeit auch zum damaligen Fluchtgeschehen. Seit aktuell fünfunddreißig Tagen wütet der Krieg in der Ukraine. Bisher, so berichten die Nachrichtenredaktionen, flüchteten schon rund zehn Millionen Menschen, vorwiegend Frauen und Kinder, aus ihrer Heimat, was einem Viertel der ukrainischen Bevölkerung entspricht. Ehemänner, Väter und Brüder blieben zurück, um die Heimat zu verteidigen. Über unmenschlichen Abschiedsszenarien schwebt die schreckliche Angst, die Familie niemals lebend wiederzusehen.

Im zweiten Kapitel des Matthäusevangeliums wird über die Flucht wegen dem „Betlehemitischen Kindermord“ berichtet.

Einst hatten Menschen große Angst vor dem grausamen König Herodes, heute vor Wladimir Putin. Die ganze Welt hält den Atem an und bangt, wie es weitergeht. Glücklicherweise finden viele Kriegsflüchtlinge in angrenzenden und europäischen Ländern eine sichere Bleibe – eine Herberge.

Von Kommunen wohlwollend aufgenommen in eiligst geschaffenen Unterkünften, werden sie bestmöglich versorgt und in ihren Traumata professionell psychisch betreut. Erfreulich, wie viele Flüchtende auch privat in Familien aufgenommen und umsorgt werden.

Aber wieder Flucht und Registrierung, wie damals in Betlehem. So vieles wiederholt sich im Zeitenlauf. Und für Menschen, die seit vielen Jahren die Entwicklungen im Osten und insbesondere in der Ukraine verfolgen, ist es ein trauriges Déjà-vu.

Das lang erwartete akustische Signal kündigt eine Nachricht auf elektronischem Weg an und reißt uns aus düsteren Gedanken und Sorgen um den Weltfrieden. Es ist eine wunderbare Nachricht und der aktuelle Titel „Dem Himmel sei Dank“ von Rapper Cro ist die treffende Umschreibung unserer Emotionen. Das sehnlichst erwartete Baby hat sich endlich doch noch entschlossen, freiwillig und auf natürliche Weise seine strapaziöse Reise in die Welt anzutreten. Es ist unser ganz persönliches Weihnachtswunder im März 2022!

Willkommen kleiner Maximilian und eine glückliche Zukunft in einer hoffentlich friedvollen Welt!

Auch Friede geht durch den Magen

9 Minuten

MARLIES GRÖTZINGER

Eine humorvolle und stärkende Geschichte über alte und neue Weihnachtsbräuche, die Leib und Seele nähren.

Entschlossen drückte Mariele den Ausschaltknopf des Radios. Die Stimme des Moderators verstummte mitten im Satz. Ihr Kopf schmerzte von dem Bombardement der unfassbar schrecklichen Nachrichten, das die Sender zu jeder vollen Stunde verkündeten. Im Sechzig-Minuten-Takt drangen sie durch ihre Ohren tief in ihren Körper und in ihre Seele: Krieg, Mord, Elend, Leid und andere menschliche Tragödien und Katastrophen dieser aus den Fugen geratenen Welt. Mariele konnte sie einfach nicht mehr ertragen. Nicht in der Vorweihnachtszeit, die erfüllt sein sollte mit Besinnung und Vorfreude.

Innerlich aufgewühlt legte sie eine Scheibe mit beruhigender Musik in den CD-Player, setzte sich auf das Sofa und hoffte, dass sich endlich adventlicher Friede in Kopf und Herz ausbreiten würde. Sie griff nach einer Zeitschrift, die auf dem Tischchen neben dem Sofa lag, und blätterte durch die bunten Seiten. Sie zeigten Kinder mit strahlenden Augen vor einem prachtvoll geschmückten Christbaum, dahinter die Eltern im Familienglück. Mariele seufzte und blätterte weiter. Im Rezeptteil folgten Bilder von vollkommenem Weihnachtsgebäck, appetitlich auf kostbaren

Tellern drapiert: Zimtsterne, Schokozungen, Nussmakronen und schwäbische Springerle. Beim Anblick des festen Gebäcks, das mit verschiedensten, leicht erhabenen Bildmotiven geschmückt war, lief Mariele das Wasser im Mund zusammen.

Sie griff nach ihrer Tasse und umfasste sie mit beiden Händen. Der Duft von Ingwer und Orangen stieg in ihre Nase. Genüsslich nahm sie einen Schluck von dem heißen Adventstee und blickte versonnen in das Licht der flackernden Kerze. Erinnerungen aus ihrer Kindheit stiegen auf. Springerle mit geröstetem Anis auf der Unterseite, dachte sie. Sie waren jedes Jahr der Mittelpunkt von Mutters Plätzchenteller gewesen. Und auch ihr ganzer Stolz – allerdings nur, wenn sie gut aufgegangen und „Füßle" bekommen hatten. Dafür mussten die Zutaten für den Teig lange gerührt werden. Vor dem Backen mussten die Plätzchen dann mindestens einen Tag und eine Nacht lang trocknen. Mit Tüchern abgedeckt standen die Backbleche dazu auf der Ofenbank. Mariele lächelte, als sie daran dachte, wie hingebungsvoll sich ihre Mutter jedes Jahr der aufwändigen Backerei gewidmet hatte. Mariele und ihren Brüdern war die viele Arbeit seinerzeit gleichgültig gewesen. Die Geschwister suchten ihre Springerle nach den Bildern auf der Oberseite aus: Ob Vogel, Schaf, Blume oder Weihnachtsbaum – alles verschwand in ihren stets esslustigen Kindermündern. Ungeduldig schlichen sie um die Ofenbank und manchmal stibitzten sie eines sogar schon vor dem Backen. Einmal war die zuckrige Eiweißmasse nicht weich, sondern steinhart gewesen. Nichtsahnend hatte Mariele herzhaft hineingebissen. Da hörte sie ein Knacksen und spürte einen kurzen Schmerz im Mund. Sie tastete danach und hielt plötzlich einen Milchzahn in der Hand.

Heute konnte Mariele darüber schmunzeln. Und mit einem Mal bekam sie Lust, selbst Springerle zu backen, wie früher mit ihrer Mutter. Vielleicht würde ihr dann endlich weihnachtlich zumute. Ob es wohl die Holzmodel noch gibt, überlegte sie. Wo könnte die Schachtel mit diesen Formen sein? Sie erhob sich und stieg die Treppe zum Dachboden hinauf. Dort steuerte sie zielstrebig auf eine Kommode zu, die sie von ihrer Großmutter geerbt hatte. Darin bewahrte sie Erbstücke und allen möglichen „Gruscht*" auf.

In einer der Schubladen, zwischen Weißzeug und vergilbten Briefen, fand sie tatsächlich die braune Schachtel. Erwartungsfroh hob sie den Deckel und rümpfte die Nase, als modriger Geruch aufstieg. Neben rostigen Metallförmchen für Ausstecherle entdeckte sie die alten Holzmodel.

Auf der Innenseite der Formen, die in den Teig hineingedrückt wurden, erkannte sie die kunstvoll geschnitzten Bildmotive, die von unten betrachtet natürlich ein Negativabdruck waren. Aber sie fand sofort ihr Lieblingsmotiv und nahm das Model vorsichtig in die Hand. Ein Lächeln breitete sich auf ihrem Gesicht aus, als sie den mit winzigen Kugeln behängten Christbaum betrachtete. Wie viele Stunden liebevoller Handarbeit mögen wohl darin stecken, dachte sie, während sie darüberstrich und feiner, bräunlicher Staub an ihren Fingern kleben blieb. Sie stutzte und als sie genauer hinsah, bemerkte sie klitzekleine, kreisrunde Durchbrüche im Holz. Oh je, da ist der Wurm drin, stellte sie erschrocken fest. Enttäuscht legte sie das Model zu den anderen Exemplaren zurück. Auch die anderen Holzformen waren gespickt mit Löchern. Die kann ich in keinen Teig mehr reindrücken, schoss es Mariele durch den Kopf.

Aber der Wunsch, die alte Tradition der Springerles-Bäckerei wieder aufleben zu lassen, ließ sie nicht mehr los. Unbedingt wollte sie die kleinen Kunstwerke selbst erschaffen!

* Gruscht: Ansammlung von Zeug, Gerümpel, Kram

Entschlossen eilte sie zu ihrem Computer. Tatsächlich boten im Internet mehrere Händler Model aus Holz oder sogar Kunststoff an. Dabei erfuhr Mariele, dass das Gebäck früher ein beliebtes Mitbringsel war und dass man es nicht nur in Schwaben, sondern auch in der Schweiz kannte. Die Auswahl war riesig, es gab hunderte von verschiedenen Modeln. Von Eifer getrieben scrollte Mariele durch die Seiten, ohne jedoch die Motive zu finden, die sie sich in den Kopf gesetzt hatte. Schließlich stieß sie auf die Homepage einer Handwerkerin, die anbot, jedes Wunschmotiv zu schnitzen. Ihr Preis lag nur unwesentlich höher als jener der maschinell gefertigten.

Ich kann mir also jedes Motiv wünschen, dachte Mariele. Wirklich jedes? Sie hielt inne und schloss kurz die Augen. Plötzlich wusste sie, wie ihre Springerle aussehen sollten. Ohne zu zögern bestellte sie ihre drei Wunschmotive und schon kurz darauf kam die Bestätigung per E-Mail.

Während sie auf das Päckchen wartete, studierte Mariele voller Vorfreude in Internetforen und Plattformen die Rezepte für Springerle. Zucker brauchte sie, Anis, Eier und Weizenmehl. Beim Triebmittel waren sich die Bäcker nicht einig: Manche schworen auf Hirschhornsalz, andere empfahlen Backpulver. Mariele beschaffte beides. Und als der Postbote endlich das Päckchen mit den Modeln brachte, zog sie sich in die Küche zurück und experimentierte. Sie rührte und knetete und rollte die Teige aus. Fast zärtlich strich sie mit bemehlten Fingern darüber, drückte die Model hinein und legte die Springerle auf Backbleche zum Trocknen.

Am nächsten Tag zog der betörende Duft von Anis durch die Wohnung. Als Marieles Kinder Jonas und Sophie nach der Schule ungeduldig an die Küchentüre klopften, blieb diese verschlossen. Erst Stunden später bekamen sie die Mama zu Gesicht. „Wie siehst du denn aus", fragten sie belustigt und zeigten auf Marieles mit Mehlspuren überzogene Backschürze.

„Na, ich bin in die Mehltüte gefallen, seht ihr doch", scherzte Mariele mit geröteten Wangen. Sophie zeigte auf den Pappkarton in den Händen ihrer Mutter und rief: „Du hast Weihnachtsbredle* gebacken, ohne uns!" Die Enttäuschung in ihrer Stimme war nicht zu überhören.

„Bekommen wir wenigstens ein Versucherle?", fragte Jonas.

Mariele schüttelte den Kopf. Mit geheimnisvollem Lächeln sagte sie nur: „Überraschung!" und huschte an den beiden vorbei in ihr Arbeitszimmer.

Erst zwei Tage später, am 1. Advent, holte Mariele den Karton aus dem Versteck und präsentierte ihrer Familie stolz einen Teller mit selbstgebackenen Springerle. „Was, du hast dich an Springerle gewagt", fragte ihr Mann Michael. Die ungläubige Bewunderung stand ihm ins Gesicht geschrieben. Und die Kinder riefen wie aus einem Mund: „Wie Oma früher. Hmm, lecker!"

„Ja, und Füßle haben sie auch!", stellte Mariele glücklich fest. Ohne den Blick von den kleinen, weißlich-gelben Kunstwerken zu heben, bemerkte Michael verwundert: „Aber ... das sind ja ganz andere Motive als die üblichen."

Jetzt fiel auch Jonas und Sophie die ungewöhnliche Auswahl auf. Auf Weihnachtsgebäck hatte noch keiner solche Motive gesehen. Die Kinder kannten die Symbole aus dem Religionsunterricht: Es gab rechteckige Springerle mit dem Kreuzeszeichen, quadratische mit zwei ineinander verwobenen Dreiecken, dem Davidstern. Daneben lagen runde Exemplare mit einer Mondsichel und einem kleinen fünfzackigen Stern.

„Mariele, das sind ja die Symbole der Weltreligionen!", sagte Michael beeindruckt. Und zu den Kindern gewandt fügte er hinzu:

* Weihnachtsbredle: Weihnachtsplätzchen

„Guckt mal, was keiner der mächtigen Herren auf der Welt hinbekommt, unsere Mama hat es geschafft: Alle drei Sinnbilder der Weltreligionen liegen beieinander und nebeneinander – friedlich vereint auf unserem Bredlesteller*."

„Und bald auch in meinem Magen", jubilierte Jonas, fixierte nicht länger das Springerle, das er als erstes vernaschen wollte, sondern schnappte es und biss genüsslich hinein.

* Bredlesteller: Plätzchenteller

Das Weihnachtsglöcklein

6 Minuten

WALTRAUD WOLF

Eine berührende Geschichte über Vertreibung, Neuanfang und Hoffnung.

Glatz im Jahr 1946. Der Krieg war zu Ende, doch die schlesische Heimat der Familie mit den beiden Buben Max und Josef war Polen zugeschlagen worden und die Zukunft der Deutschen ungewiss. Das Brüderpaar fühlte sich wohl im Haus am Christkindelsteig, der Neiße nahe. Die Jungen hofften auf regelmäßigen Schulunterricht und spielten im Garten, den ihr Vater angelegt hatte und welcher viele geheime Verstecke und Platz zum Spielen bot. Doch urplötzlich zerschlug sich die Idylle. Die Deutschen mussten sich eingliedern oder das Land verlassen. Zuversichtlich meinte der Vater, sie seien sicher nur kurz weg und könnten bald wieder in ihr Haus zurückkehren. Dabei blieb dem neunjährigen Max und seinem ein Jahr jüngeren Bruder Josef nicht verborgen, wie die Eltern für sie wichtige Dinge versteckten. Ihr Vater, der gerne malte, rollte die Leinwände seiner Bilder zusammen und brachte sie in verborgene Winkel auf dem Dachboden. Schriftstücke verschwanden in schwer zugänglichen Nischen und Ecken. Das nahmen sich die Knaben zum Vorbild. Sie schraubten am Dachvorsprung ein Brett ab und schoben dort ihre Schätze hinein, nicht ahnend, dass Max, der Ältere, sie dreiundvierzig Jahre später bei einem Besuch in der alten Heimat wieder bergen sollte: die elektrische Kerze vom Weihnachtsbaum und das Märchen-Sammelbild von „Kölln-Hafermehl".

Die Frist des Packens war kurz, die Ungewissheit, wohin es sie verschlagen würde, groß. Das Nötigste sollten sie in ihren kleinen Rucksack packen, sagte die Mutter. Ein Lieblingsspielzeug war erlaubt. Lange betrachteten die Brüder, woran ihr Herz besonders hing. Dann verschwand in jedem Rucksack ein kleines Auto, das eine in Rot, das andere in Blau.

Abschiedsstimmung lag über der Familie, als Max einen unumstößlichen Entschluss fasste: Das Weihnachtsglöcklein musste mit in die Fremde! Denn wie sonst sollte das Christkind sie finden und beschenken? Schnell huschte er ins Wohnzimmer zum Schrank, in dem das Glöcklein das Jahr über ein wenig beachtetes Dasein fristete. Im Rucksack zwischen die Wäsche gestopft, tat der silberne Klöppel keinen Mucks und die Reise begann.

Viele Menschen fanden sich am Bahnhof ein, wurden in Viehwaggons verfrachtet und auf eine unbekannte Reise geschickt, die Eltern verzweifelt, die Buben abenteuerlustig. Ihre Rucksäcklein jedoch gaben sie nicht aus der Hand und legten beim Schlafen ihre Köpfe darauf. Keiner sollte die Chance haben, die Autos oder gar das Weihnachtsglöcklein herauszunehmen.

In Norddeutschland war die Reise zu Ende. Sie wurden in ein kleines Dorf gebracht. Eine Baracke mit eingestreutem Stroh schenkte ihnen ein Dach über dem Kopf und eine Schlafstatt. Dort verbrachten sie die ersten Nächte. In stillen Stunden holten die Brüder ihre Autos heraus, um mit ihnen zu spielen. Wenig später wurde die Familie einem Bauernhof zugeteilt. Ein Zimmer war ihr neues Zuhause. Die Mutter arbeitete für die Brotsuppe am Morgen und am Abend und für ein paar Kartoffeln zu Mittag auf dem Hof mit. Der Vater, der wegen seiner Kriegsverletzung nicht schwer arbeiten konnte, betreute die Kinder. Sie blieben nicht die einzigen Vertriebenen auf dem Hof. Die Buben erkundeten die Umgebung, griffen fix zu, wenn ein Huhn ein Ei legte, oder naschten von den Früchten der Bäume.

Der Herbst zog stürmisch übers Land, färbte die Blätter an den Sträuchern bunt. Dann überzog der Winter die Landschaft mit Eis und Schnee. Kälte kroch in den zugigen Raum und trieb Max und Josef selbst tagsüber ins Bett, um von dort aus die Eisblumen an den Fenstern als geheimnisvolle Wesen zu deuten.

In der Adventszeit verbreitete der Schein einer Kerze und der Zweig einer Tanne den vertrauten Duft von weihnachtlicher Vorfreude. Längst hatten die Buben das Weihnachtsglöcklein den Eltern übergeben und dafür ein wissendes Lächeln geerntet. Ob der Zauber wirken, das Christkind den Weg zu ihnen in der Fremde finden würde? Der Heilige Abend würde es zeigen.

Endlich war der Tag gekommen! Die Familie besuchte den Gottesdienst. Auf dem Heimweg stieg die Spannung. Zurück auf dem Hof, animierte der Vater seine Frau und die Buben, dem Bauern und seiner Familie noch frohe Weihnachten zu wünschen. Der Gruß brachte ihnen ein Lächeln und eine Handvoll Nüsse als begehrte Leckerei ein. Mit diesen Gaben in den Händen stiegen sie die Treppe hinauf. Kaum waren sie auf der ersten Stufe, hörten sie es: das Klingeln des Glöckleins, immer und immer wieder, bis es verstummte. Und da waren sich Max und Josef sicher: Das Christkind war da! Es hatte sie auch in der neuen, fremden Heimat nicht vergessen.

An Josefs Seite und andere kleine Begebenheiten

10 Minuten

Waltraud Wolf

Nicht nur Weihnachten beschert Familen kleine Anekdoten, die noch die nächsten Generationen amüsieren. Und vielleicht auch andere, die sie hören oder lesen.

Überraschung

Saisonende in Kreta war‘s, als ein Ehepaar der rauen Alb entfloh, um noch die letzten Sonnenstrahlen der griechischen Insel zu erwischen. Und noch ein Schnäppchen tat sich auf: Preisnachlass beim Hotel-Juwelier. Das wollte sich die Frau nicht entgehen lassen. Bald hatte sie das Objekt ihrer Begehrlichkeit entdeckt: ein Collier aus Lapislazuli, von filigran handgearbeiteten Goldteilchen fein unterteilt. Auch ihr Mann befand, dass die Kette sie schmückte. Doch der Kauf wurde vertagt. Täglich stattete sie dem Juwelier einen Besuch ab, ohne Erfolg. Der letzte Abend vor der Abreise nahte und die Kette lag noch immer im Schaufenster. Morgen früh, so nahm sie sich vor, hole ich sie mir. Doch siehe da, sie war nicht mehr da. Das ganze Schaufenster war leergeräumt. „Meine Kette?“ stammelte die Entsetzte. „Gestern verkauft“, war die knappe Antwort. „Nicht traurig sein, Madame“. Traurig? Wütend war sie über ihre Unentschlossenheit und den Ehemann, der sich ihrem Wunsch verweigert hatte. Dass dem nicht so war, offenbarte sich an Weihnachten: Das heiß ersehnte Collier lag unter dem Christbaum.

Nikolaus

Die Neunjährige ist ein taffes Mädchen, das vor einem Jahr sofort erkannt hatte, wer unter der Mitra und hinter dem Rauschebart des Nikolauses verborgen war: der Patenonkel der Mama. Wissende Blicke wechselte sie mit dem zwei Jahre jüngeren Bruder über den Kopf des Vierjährigen in der Familie hinweg. Die Ältesten spielten Flöte und sagten Verse auf, der Dritte im Bunde verfolgte das ganze Geschehen mit vollem Ernst und reagierte erst, als der Nikolaus den Sack öffnete und die Geschenke verteilte. Kaum hatte der Heilige das Haus wieder verlassen und die Älteste das Glöckchen entdeckt, das er vergessen hatte, sprach sie es aus: Der Gette* war's, flüsterte sie, damit es die Jüngeren nicht mitkriegen sollten. Umso erstaunter war die Mutter in diesem Jahr, als sie mit der Tochter die Bereitstellung der Geschenke am Nikolausabend besprach, denn der „echte“ hatte keine Zeit. Dass der Onkel damals den Nikolaus mimte, hatte das Mädchen wohl erkannt, dennoch nicht realisiert, wer die Geschenke besorgt hatte. „Die waren doch vom Nikolaus, dem im Himmel, – oder?!“

Geistesblitz

Der Dreijährige hatte eine ganze Reihe von Wünschen an das Christkind: einen Nikolaus aus Schokolade, Lebkuchen, Marzipan,

* Gette: Patenonkel

einen Fußball für draußen und Farbstifte für drinnen, ein Plüschtier zum Schmusen, ein Bilderbuch, eine CD mit einer Geschichte von Benjamin Blümchen und als größte Herzensangelegenheit einen Schlitten aus Holz. Die Eltern berieten, ob das Christkind zu solch vielen Geschenken in der Lage sei. Ernst schauten sie den Kleinen an und sagten übereinstimmend: Ja, wenn der Opa noch leben würde, dann, ja dann könnte das Christkind sicher alle Wünsche erfüllen. Aber der sei ja nun im Himmel. Da stutzte das Kind kurz, legte seine Stirn in Falten und fragte unverhohlen: „Hot der sein Geldbeutel mitgnomma?"

An Josefs Seite

Lang, lang ist's her. Als Konfirmanden waren wir aufgefordert, das Krippenspiel in der Kirche aufzuführen. Ich wusste als Gärtnerstochter um die viele Arbeit zu Hause in der Adventszeit und hielt mich zurück. Doch dann wollte und wollte keines der Mädchen an der Seite des milchbubigen Knaben agieren, der sich für die Rolle des Josef gemeldet hatte. Meine soziale Ader machte sich schon damals bemerkbar. Aus purem Mitleid sagte ich zu, als Maria an seiner Seite auf Herberg-Suche zu gehen und der Welt das Jesus-Kind in der Krippe zu präsentieren. Doch was erwartete mich bei der ersten Probe? Der von uns allen angehimmelte und etwas ältere Pfarrers-Sohn als Josef! Die anderen platzten vor Neid!

Weihnachten im Spielzeugparadies

10 Minuten

LYRA VON RABENSTEIN

Die schönsten Feste feiert man im kleinen Kreis mit großem Herzen. Das zeigt diese zauberhafte und lustige Geschichte für die Kleinen – und auch für die Großen!

Jedes Jahr zur Weihnachtszeit war die Stimmung im Spielzeugparadies zum Zerreißen gespannt. Nicht nur den verzweifelten Eltern, die auf der Suche nach dem perfekten Spielzeug für die lieben Kleinen die Gänge entlanghasteten, war der Zeitdruck anzumerken. Wer genau hinsah, konnte die Sorge auf den Gesichtern der Puppen, Teddybären und Actionfiguren erkennen, die sich fragten, in welchem Haushalt sie wohl landen würden. Und ob sie überhaupt ein neues Zuhause bekämen oder auf unbestimmte Zeit im kalten Warenhaus bleiben müssten.

Besonders dem kleinen Stoffpferd machte das Warten zu schaffen. Es lebte schon seit zweieinhalb Jahren im Warenhaus. Noch nie in seinem Stoffpferd-Leben war es von Kinderaugen sehnsüchtig betrachtet worden. Noch nie hatte es ein Erwachsener abwägend in den Händen gehalten. Nicht einmal auf die verzweifelten Versuche, sich vom Regal vor die Füße der Menschen zu stürzen, hatte jemand reagiert. Außer der Verkäuferin, die sich immer wieder seufzend gebückt hatte und das Stoffpferd wieder auf seinen Platz im Regal zurückgesetzt hatte, achtete niemand auf das Tier.

Mit dem Beginn der Adventszeit brach der Konkurrenzkampf unter den Spielzeugen an. Die Barbiepuppen brachten ihre schimmernden Haare in Form und zogen ihre schönsten Kleider an, die Teddybären putzten sich unzählige Male das ohnehin schon samtig weiche Fell, die Actionfiguren polierten ihre Rüstungen und übten Posen, in denen sie ganz besonders gefährlich aussahen. Nur das kleine Stoffpferd ließ entmutigt den Kopf hängen.

„Mich nimmt doch auch dieses Jahr niemand mit. Bestimmt lande ich irgendwann auf der Müllkippe“, seufzte es traurig.

„Vielleicht wirst du aber auch gespendet und kommst zu ganz armen Kindern, die dich noch viel lieber haben, als du dir vorstellen kannst“, wollte ihm eine Stoffkatze Mut machen.

„Du hast gut reden, du bist erst seit ein paar Tagen hier!“, entgegnete das Pferd, woraufhin sich die Katze kopfschüttelnd abwandte. Der wird noch depressiv, dachte sie.

An den Schaufenstern drückten sich unterdessen zahllose Kinder die Nasen platt und starrten voller Sehnsucht auf die Kostbarkeiten, die sich hinter der Scheibe in den buntesten Farben präsentierten. Mit ihren kurzen Fingern zeigten sie auf die Spielzeuge, die sie sich das ganze Jahr über gewünscht hatten, und bekamen ganz verträumte Augen dabei. Von Zeit zu Zeit kam es vor, dass Erwachsene ihre Kinder mit in den Laden nahmen und sich von ihnen zeigen ließen, was diese sich wünschten. Wenn so etwas passierte, war die Aufregung unter den Spielzeugen groß. Jedes wollte das schönste, lustigste, spannendste Spielzeug sein, das die Kinder je gesehen hatten. Mit großen Augen wanderten die kleinen Mädchen und Jungen durch die Gänge des Warenhauses. Immer, wenn der Blick eines Kindes auf ein Spielzeug fiel, ging ein ganz eigenes Strahlen von diesem aus. Das war die Hoffnung, die in diesem Moment in den Puppen und Stofftieren und Figuren erwachte und sie schon von einem neuen Zuhause und geliebten Kindern träumen ließ. Nur das arme Pferd bemerkte nicht, wenn es von Kindern bewundernd angeschaut wurde, weil es missmutig den Kopf hängen ließ.

Je näher Weihnachten rückte, desto weniger Kinder kamen in den Spielzeugladen. Die Wunschzettel waren geschrieben und die Erwachsenen machten sich auf den Weg in die Städte, um lange Einkäufe hinter sich zu bringen und ihren Kleinen die sorgsam notierten Wünsche zu erfüllen. Wenn die Erwachsenen im Spielzeugland umherstreiften, gaben sich die Spielzeuge kaum mehr Mühe. Denn die Eltern schauten, anders als ihre Kinder, vor allem auf ihre Einkaufszettel und griffen nur nach den Dingen, die ihre Kinder in fein säuberlicher Schrift aufgeschrieben hatten. Kaum jemand sah dann die schimmernden Haare der Puppen, das glänzende Fell der Stofftiere oder die lauernde Stellung der Actionfiguren. Auch das Stoffpferd, das vor den Füßen der Einkaufenden aus dem Regal fiel, wurde nur von wenigen beachtet. Wenn die Menschen gerade nicht hinsahen, ging das Gerangel unter den Spielzeugen los. Die Puppen zogen sich gegenseitig an den Haaren und rupften an den Kleidern der anderen, die Stofftiere begannen, sich zu prügeln und zu beschimpfen und die Actionfiguren lieferten sich spektakuläre Kämpfe. Wenn ein Spielzeug ausgewählt und mitgenommen wurde, streckte es den Zurückbleibenden die Zunge heraus. Von einigen ließ sich sogar ein leises „Ätschibätsch!“ vernehmen. Von vorweihnachtlicher Stimmung konnte man im Spielzeugparadies nicht sprechen.

Das Weihnachtsfest rückte immer näher, die Kämpfe der Spielzeuge wurden unerbittlicher und unser armes Stoffpferd von Tag zu Tag trauriger. Von den vielen Stürzen vom Regal war sein Fell schon ganz fleckig geworden. Irgendwann konnte die kleine Stoffkatze, die ebenfalls von niemandem mitgenommen worden war, das Elend nicht mehr mit ansehen. Sie beschloss, dem Pferd eine Freude zu machen, um es wenigstens ein bisschen aufzuheitern. Schließlich sollte auch das Pferd einmal ein Weihnachtsfest erleben.

So hüpfte die kleine Katze von Regal zu Regal, um den anderen Spielzeugen von ihrer Idee zu berichten. Sie wollte außerdem Ideen sammeln, da sie selbst noch nie ein richtiges Weihnachtsfest erlebt hatte. Inzwischen war der Laden über die Feiertage geschlossen. Allgemeine Traurigkeit und Hoffnungslosigkeit machten sich langsam auch unter den anderen Spielzeugen breit. Und so ließen sie sich nun nur zu gerne von der Idee der kleinen Stoffkatze aus ihren trüben Gedanken reißen. Dennoch musste jedes auf die Frage, was denn traditionell zu Weihnachten gehöre, ahnungslos mit dem Kopf schütteln. Keines von ihnen hatte jemals ein richtiges Weihnachtsfest erlebt. Die Katze wollte schon aufgeben, als sie plötzlich ein schepperndes Räuspern hinter sich vernahm. Erschrocken fauchend sprang sie herum. Nur, um im nächsten Moment einen kleinen Zinnsoldaten vor sich stehen zu sehen, der die Hand salutierend an seine Stirn erhoben hatte.

„Gestatten, Willibald, der Zinnsoldat“, stellte er sich vor. „Ich habe von deinen ehrenwerten Plänen gehört, das Weihnachtsfest ins Spielzeugparadies zu bringen.“

„Das ist richtig“, antwortete die Stoffkatze bedrückt. „Nur leider kennt sich hier niemand mit Weihnachtsbräuchen aus. Es wird also wohl kein Weihnachtsfest geben.“

„Vielleicht irrst du dich da“, sagte der Zinnsoldat, woraufhin die Katze ihre Ohren erwartungsvoll spitzte.

„Lange, sehr lange Zeit habe ich in diesem Spielzeugladen verbracht“, fuhr der kleine Soldat fort. „Als der Bedarf an Zinnfiguren zurückging, wurde ich in eine Kiste verpackt und ganz unten in die hinterste Ecke in einem Regal verbannt. Die Geschichte von dir, kleine Katze, gelangte bis dorthin. Viele Erzählungen habe ich in meiner Zeit von Weihnachten vernommen und ich habe sogar ein Weihnachtsfest miterlebt."

„Wirklich?", schnurrte die Stoffkatze ungläubig. „Erzähl!"

„Ich stamme aus einer ganz kleinen Zinnwerkstatt. Weil der Zinngießer nicht viel Geld hatte, war diese Werkstatt gleichzeitig das Wohnzimmer seiner Familie. Und so stand ich an meinem Platz auf dem Arbeitstisch, als die Menschen ihr Weihnachten feierten. Das ging so ..."

Und dann erzählte der Zinnsoldat den Spielzeugen aus dem Spielzeugparadies, wie sich ein ganz wunderbares Weihnachtsfest feiern ließ. Schnell lernten die Spielzeuge von ihm alte Weihnachtslieder, während sie sich um den Weihnachtsbaum im Zentrum des Kaufhauses versammelten. Die Puppen hatten in ihrer Küche kleine Kekse und Plätzchen gebacken, die sie nun stolz servierten. Während der Zinnsoldat dann die eigentliche Weihnachtsgeschichte erzählte, spielten die Actionfiguren dazu das Krippenspiel. Beim Anblick von Wonder Woman als Maria, Batman als Josef und Garfield als Jesus musste sogar das traurige Stoffpferd vor Lachen wiehern. Stolz hüpfte die Katze zu ihm hinüber.

„Na, ist so ein Weihnachtsfest nicht mindestens genauso schön wie bei den Menschen?", fragte sie.

„Nein", antwortete das Stoffpferd, das nun gar nicht mehr traurig war. „Es ist noch viel, viel schöner geworden. Danke!"

Lange nachdem das Weihnachtsfest gefeiert und die Kinder ihre neuen Spielzeuge begeistert in Empfang genommen hatten, beschlossen die beiden Besitzer des Spielzeugparadieses, den besonders armen Kindern der Stadt eine Freude zu machen. Mit einer großen Kiste bepackt, zogen sie durch ihren Laden und luden alle Spielzeuge, die ihnen selbst gefallen würden, in die Pappschachtel. Als sie den Gang mit dem Stoffpferd betraten, beschloss dieses, sich noch ein letztes Mal vom Regal zu stürzen und fiel geradewegs in die Schachtel hinein.

„Na, schau mal her!“, sagte da einer der Spielzeugladenbesitzer, „Da hat es einer besonders eilig. So ein schönes Stoffpferd! Da hat bestimmt ein ganz besonderes Kind seine Freude daran.“

So sollte diese Geschichte nun doch noch ein gutes Ende für unser kleines Stoffpferd nehmen.

24 Hausbesuche jeden Tag

9 Minuten

ANNETTE MARIA RIEGER

Eine warmherzige und nachdenklich stimmende Geschichte über Begegnung, Berührung und das Glück des Gebens.

Rita, 61 Jahre alt, arbeitet seit 23 Jahren als Pflegerin für die Sozialstation. Routiniert dreht die Frau mit dem praktischen Kurzhaarschnitt und dem weißen Kittel ihre tägliche Runde in einem 4000-Seelen-Ort und schnurrt in ihrem Elektro-Auto durch die Gassen und Straßen. Sie will keine Minute auf der Strecke verlieren, sondern lieber einen Moment länger bei den Hausbesuchen verweilen. Sie hat täglich mit Menschen zu tun, von deren Einsamkeit kaum jemand weiß. Die Alten und Kranken, die in aller Stille daheim ihre Zeit verbringen, sind unsichtbar in der geschäftigen Welt da draußen. Kaum einer kennt sie noch. Doch Rita weiß um ihre körperlichen Leiden und manchen seelischen Schmerz.

Auf dem Beifahrersitz hat sie das rote Täschchen mit 24 nummerierten Hausschlüsseln immer griffbereit. Jetzt greift sie den mit der Nummer eins, steigt aus und läuft vorsichtig über den verschneiten Hof an der Garage vorbei zu dem Einfamilienhaus. Sie schließt die Haustür auf, geht durch den Flur ins Wohnzimmer und tritt mit einem fröhlichen „Hallo“ an das Pflegebett, das nahe beim Fernseher steht. In dem Bett liegt Herr Schneider – für sie der tapferste Mensch auf der Welt.

Quer durch den Raum läuft ein dünner Schlauch von der Sauerstoff-Flasche über den Boden und endet direkt an der Nase von Herrn Schneider, der sich jetzt die Brille unter den verwuschelten Haaren zurechtschiebt. Seit zwölf Jahren zwingt ihn eine COPD-Erkrankung ins Bett. Diese chronische Erkrankung seiner Lunge lässt ihn immer öfter unter schlimmer Atemnot leiden. Ein feines Lächeln huscht über sein Gesicht, als Rita seine Hand nimmt. Shila, die Katze, hat es sich bei ihm im Bett bequem gemacht. Sie und Rita wissen, wie verzweifelt Herr Schneider alle paar Monate immer mal wieder ist und dann dieses Leben nicht länger ertragen möchte. Dieses Dasein ohne seine Frau, die bereits vor Jahren gestorben ist. Herr Schneider hat sie gepflegt und darüber sich selbst vergessen. Nach ihrem Tod ist er zusammengebrochen und hat sich nie wieder erholt. „Jetzt lebe ich nur noch für Sie", scherzt er und guckt verschmitzt zu Rita hoch, die ihm seine Medikamente reicht. Rita hält kurz inne und spürt der Wärme nach, die ihr da zufließt.

Mit diesem Lächeln, das ihr Herr Schneider geschenkt hat, kann sie beruhigt zur nächsten Station weiterspringen. Zwei Dutzend Türen schließt sie jeden Tag auf. Dabei versucht sie, so pünktlich wie möglich zu sein, um zumindest Verlässlichkeit zu schenken, auch wenn ihre Zeit knapp ist.

Die 93-jährige Anna wartet nicht auf sie, an keinem Tag. Sie ist aus der Zeit gefallen und lebt auf ihrem eigenen Planeten. Ihr Gedächtnis und auch ihr Gehör haben sie schon vor Jahren verlassen, nicht jedoch ihr Bewegungsdrang. Maria, die 24-Stunden-Kraft aus Rumänien, hat alle Mühe, die kleine, immer aufgeregte Frau in Zaum zu halten. „A wa*!", schreit Anna laut auf, als Rita eintritt, und wippt in ihrem Rollstuhl aufgeregt vor und zurück. Bevor Rita täglich vorbeikam, ist sie stundenlang außer Rand und

* A wa: Ach was!

Band durch die gemütlich eingerichtete Wohnküche gerollert. Tagsüber war sie kaum zu stoppen, geschweige denn abends ins Bett zu bringen. Jetzt hat sie einen großen Haufen einzelner Socken vor sich auf dem Küchentisch ausgebreitet und legt emsig einen zum anderen, immer auf der Suche nach dem passenden Gegenstück. „Die Frau braucht eine Arbeit", hatte Rita vor wenigen Wochen erkannt. „Des isch a Gschäft*!", lacht Anna sie an und merkt gar nicht, wie Rita ihr die sortierten Socken erneut durcheinander würfelt. Unverdrossen und hoch konzentriert verrichtet die demente Großmutter, die kaum noch die Namen ihrer Enkel weiß, ihre Sisyphos-Arbeit weiter. Erst zögerlich, dann voller Inbrunst stimmt sie in das Lied mit ein, das Rita anstimmt: „Kling, Glöckchen, Klingelingeling". Der Text ist noch vollständig da, die Freude daran kommt mit dem Singen. Anna strahlt jetzt wie ein kleines Mädchen, das noch an den Weihnachtsmann glaubt. Rita wechselt ihr derweil die Stützstrümpfe und nickt Maria zu, die leise mitsummt. So kann es gehen: Singen und Sortieren, das lässt Anna ihre innere Unruhe vergessen.

Rita muss weiter. Dicke Schneeflocken wirbeln im trüben Scheinwerferlicht des Tages, der sich bereits um 17 Uhr der Nacht zuneigt. In der Ortsmitte ist nur mit Mühe ein Parkplatz zu finden. Sie strebt auf das Mehrfamilienhaus zu, eilt die Treppe hoch und klopft kurz an, bevor sie die Tür von Frau Brechtsteiner aufschließt. Die alte Dame hat sich vor zehn Jahren beim Skifahren beide Beine gebrochen und sitzt jetzt in der geschmackvoll eingerichteten Wohnung fest. Die Brüche sind verheilt, doch die Schmerzen geblieben. Der Herrnhuter Stern am Fenster stammt aus ihrer alten Heimat und die Erinnerung an die Winter ihrer Kindheit in der Oberlausitz macht sie glücklich und traurig zugleich. Ihr Sohn wird dieses Weihnachten nicht kommen kön-

* Des isch a Gschäft: Das ist aber viel Arbeit!

nen, erzählt sie und seufzt. Rita deutet auf den Weihnachtsbaum und lobt dessen kunstvolle Dekoration. Da leuchten die Augen von Frau Brechtsteiner zumindest für einen Moment wieder auf.

In Ritas Herz hat jeder sein Plätzle. In dem bewegt sie, was ihr anvertraut wird. Wenn jemand weint, bleibt sie auch mal länger. Sie verlässt kein Haus, ohne sich zu vergewissern, dass der Mensch, der auf sie angewiesen ist, alles hat, was er braucht. Und sei es ein nettes Wort. Sie kann keine Familie ersetzen. Doch einen Trost geben, das kann sie wohl. Sie leistet Beistand, um Krankheit, Alter und Ängste zu ertragen. Sie fühlt mit und weiß auch ganz genau, weshalb die schick frisierte Witwe in dem luxuriösen Haus an der Ortsdurchfahrt nicht in ihrem großzügigen Wohnzimmer mit Blick in den Garten sitzt, sondern in einem grauen Kämmerchen an einem kleinen Tisch voller Prospekte und Kataloge hockt. Denn nur von diesem Raum aus sieht sie, was auf der Straße passiert. So kann sie wenigstens den kleinen Fenster-Ausschnitt Leben beobachten, das ihr seit einem Autounfall verwehrt ist. Rita zieht ihr die Strümpfe von den enorm angeschwollenen, vernarbten Beinen. Bis zu dem Unfall war die Witwe sehr erfolgreich als Mode-Verkäuferin bei einem großen Unternehmen und stöckelte in High-Heels durch die Modewelt. Eine Dame von Welt, die alles im Griff hatte und das Leben auf Reisen zu genießen wusste. Als ihr Rita mit geschickten Händen die Füße eincremt, sagt sie leise: „Das tut so gut. Sie sind ein Engel." Rita weiß wohl: Es ist weniger die Creme, die dieses Wohlgefühl beschert. Sondern vor allem die Geste.

Sie kennt die Menschen und ihre Familien, weiß, in welchem Rhythmus deren Tag abläuft, welche Zerwürfnisse seit Jahren vor sich hin schwelen. Wenn jemand wie das Leiden Christi dasitzt, dann setzt sie sich dazu, fragt nach, hört zu. Seit ihrem eigenen

Reitunfall vor 40 Jahren hat Rita nie vergessen, wie das so ist, wenn man dem Tod näher als dem Leben und auf Hilfe angewiesen ist. Und sie weiß um die Kraft der Hoffnung, die dann Auftrieb erfährt, wenn man mit Würde behandelt wird. Ihr fällt es leicht, auf Menschen zuzugehen, Anteil zu nehmen, intuitiv zu reagieren, wenn Unvorhergesehenes eintritt. Sie verabreicht Augentropfen, spritzt Insulin, wäscht Bettlägerige und wechselt Windeln. Sie hat ein Lob für die Töchter parat, die sich beim Duschen ihrer Mutter abwechseln. Mit persönlichem Zuspruch und individueller Nachfrage baut sie über die Jahre hinweg vertrauensvolle Beziehungen auf – die eines Tages unweigerlich enden. In besonders schweren Stunden an Kranken- und Sterbebetten hilft ihr die Ausbildung zur Palliativ- und Trauerbegleiterin.

Wenn ihr jemand sagt: „Jetzt geht es mir besser!“, dann ist das ein inneres Weihnachten für sie. Sie mag diese Jahreszeit ganz besonders. In der spürt sie besonders stark, dass es ihre Berufung ist, für andere in ihrer Not da zu sein. Am Heiligen Abend bringt sie für jeden Hausbesuch etwas mehr Zeit mit – und ihre Flöte. Nicht etwa, weil sie so eine brillante Musikerin wäre. Sondern nur, weil sie damit Freude machen kann. Wenn das gelingt, spürt sie großes Glück und echten Sinn in ihrem Leben. Denn stark ist man dann, so erlebt sie es zu Weihnachten ganz besonders intensiv, wenn man Schwächeren hilft.

Fließendes Herz

8 Minuten

ANGELIKA JEDELHAUSER

Eine Geschichte der leisen, feinen Töne über ein besonderes Weihnachtsgeschenk nach harten Kriegszeiten.

Tom bog um eine Straßenecke. Da war er! Auf der gegenüberliegenden Straßenseite befand sich der Laden, den er gesucht hatte. Die Konditorei hieß Springer. Er blickte nach rechts und nach links und wieder nach rechts und überquerte schließlich die Straße. Heute, an Heiligabend, waren nicht mehr viele Leute unterwegs. Die meisten hatten ihre Einkäufe schon getätigt und saßen jetzt wahrscheinlich gemütlich zu Hause mit ihren Familien zusammen. In der Konditorei jedoch konnte Tom noch Leute sehen. Selbst vor dem Geschäft stand eine kleine Schlange. Bestimmt wollten die Wartenden ein Dessert fürs Abendessen besorgen.

Das war die Gegend, in der die Leute Geld hatten.

Nervös starrte Tom auf die Preise, die links neben der Eingangstür auf einem Schild aufgelistet waren. Es gab Zimtsterne, feine Törtchen und ... Cœur coulant au chocolat! Diese Schokoladenküchlein aß seine Mutter besonders gern. Sie hatten einen flüssigen Kern und waren mit dunkler Schokolade überzogen.

Dann sah er den Preis. Sie waren zu teuer. Sofort wurde Tom klar, dass es nun zu spät war. Er hatte all sein Geld zusammengekratzt, doch es reichte nicht. Tom war schon bei allen anderen Konditoreien der Stadt gewesen. Nirgends hatte es gereicht. Erst war er wütend darüber gewesen. Und er war immer wütender geworden. Doch dann hatte sich eine Leere in ihm breitgemacht. Sie tat weh, diese Leere. Sehr weh.

Er ging weg, vorbei an der Konditorei, er wusste nicht wohin. Nach wenigen Metern erreichte er eine Treppe, die zu einem Park führte. Langsam setzte er sich auf eine Stufe.

Es begann leicht zu schneien. Die Flocken tanzten durch die Luft. Tom holte eine seiner wenigen Münzen aus der Tasche und ließ sie die Stufen hinunterrollen. Gleichgültig blickte er hinterher. Er sah noch, wie jemand die Münze aufhob, dann schloss er die Augen.

„Ist das deine?"

Tom hob den Kopf. Vor ihm stand ein Mann, der einen dicken grünen Mantel trug und ihn aufmerksam ansah. Tom fiel auf, dass der Mann eine Krücke hielt. Wohl auch ein Opfer des Krieges.

„Ja", murmelte Tom als Antwort auf die Frage. Der Mann streckte Tom das Geldstück entgegen. „Das ist dir wohl runtergefallen, wie?"

„Nein", erwiderte Tom. Er machte auch keinerlei Anstalten, die Münze anzunehmen. Ohne ein weiteres Wort setzte sich der Mann neben ihn auf die Treppe. Für eine Weile schwiegen sie beide. Dann sagte der Mann: „Ich habe dich vor der Konditorei stehen sehen. Eine Weile lang hast du die Schilder betrachtet, doch dann bist du einfach weggegangen." Tom schwieg weiter. „Lass mich raten, du hattest nicht genügend Geld", fuhr der Mann fort. „Was wolltest du denn kaufen?"

„Ein Weihnachtsgeschenk für meine Mutter."

„Ich kann dir Geld geben", sagte der Mann. Tom musterte ihn erneut. Er schätzte ihn auf Ende dreißig. Ungefähr so alt wäre Toms Vater heute. Aus seinem Mantel holte der Mann eine Geldbörse und zog mehrere Münzen heraus. Es waren genug, um das Geschenk zu kaufen. Tom spürte ein Gefühl der Hoffnung in sich aufsteigen. Seine Mutter hatte ihm allerdings schon immer eingeschärft, kein Geld von anderen Leuten anzunehmen. „Wir sind zwar arm, aber nicht so arm, dass wir so etwas nötig hätten“, hatte sie gesagt und dann wieder zu husten angefangen. Und obwohl Tom nichts mehr wollte, als das Geld zu nehmen, antwortete er: „Nein, danke.“

„Sicher nicht?“

Tom nickte. Der Mann schwieg eine Weile. Dann zuckte er mit den Achseln, stand auf und ging. Tom fing an, ein kleines Kind auf der anderen Straßenseite zu beobachten. Es war wohl zwischen drei und fünf Jahren alt. Es hüpfte die ganze Zeit auf und ab und versuchte Schneeflocken zu fangen. Einmal landete es falsch und purzelte um. Es begann laut zu weinen. Tom beobachtete, wie sofort ein Mann eine umherstehende Menschengruppe verließ und zu dem Kind eilte. Wahrscheinlich der Vater. Er hob das Kind auf seine Schultern. Da lachte das Kind sofort wieder. Dabei bemerkte er gar nicht, dass der Mann von vorhin wiedergekommen war. Er setzte sich wieder neben Tom auf die Stufen und holte eine große Tüte hervor. Tom konnte sehen, dass sie die Aufschrift „Konditorei Springer – Wir backen ihr Glück“ trug. Es duftete verführerisch, als der Mann die Tüte öffnete. Er nahm einen Zimtstern heraus und begann ihn genüsslich zu essen. Dann schob er die Tüte zu Tom hinüber. Tom schaute hinein. In der Tüte stapelten sich Makronen, Nußecken, Zimtsterne und noch viele andere Plätzchen. Ihm lief das Wasser im Mund zusammen. Er zögerte. Auch, dass er kein Essen von fremden Leuten annehmen sollte, predigte seine Mutter immer. Bisher hatte Tom sich immer darangehalten, aber die Plätzchen rochen so gut! Er lugte zu dem Mann hinüber. Der nickte ihm zu. Und Tom vergaß alles, was seine Mutter gesagt hatte. Als erstes nahm er sich einen besonders großen Zimtstern. Während er aß, fragte ihn der Mann: „Was wolltest du vorhin denn kaufen?"

„Ein Cœur coulant au chocolat für meine Mutter."

„Ah ja, die hat meine Frau auch immer besonders gerne gegessen." Der Mann lächelte.

„Mein Vater ist in den Krieg gezogen", sagte Tom. „Er ist nicht mehr zurückgekommen, wir wissen nicht, was mit ihm passiert ist. Und nun muss meine Mutter alleine das Geld verdienen." Er schwieg einen Moment. „Sie ist oft krank, wissen Sie", sagte er dann leise. Für einen Moment herrschte Stille. Dann deutete Tom auf die Krücke des Mannes und fragte: „Sie waren wohl auch im Krieg?"

„Ja", sagte der Mann. „Ja, das war ich."

„Und was machen Sie jetzt?"

„Ich suche meine Familie. Ich suche sie, seitdem der Krieg vorbei ist."

„Seit zwei Jahren schon?", fragte Tom.

„Ja. Ich habe auch einen Sohn, er müsste ungefähr in deinem Alter sein."

Beide schwiegen wieder. Tom blickte zu der großen Uhr, die sich auf der anderen Straßenseite über einem Nähladen befand. Es war schon sehr spät.

„Es tut mir leid, ich muss jetzt gehen. Meine Mutter wird sich Sorgen machen, wenn ich nicht rechtzeitig nach Hause komme."

Der Mann nickte. „Ja, geh nur."

Tom hatte die Tüte beinahe völlig leergegessen. Verstohlen blickte er den Mann an und hoffte, dass der nun nicht wütend auf ihn war. Er wollte ihm die Tüte zurückgeben, doch der Mann wehrte ab.

„Behalt du sie." Er streckte ihm zum Abschied die Hand entgegen und Tom ergriff sie.

„Also dann", sagte der Mann. „Es war schön, mit dir zu reden."

„Ja", sagte Tom. „Ich hoffe, Sie finden Ihre Familie."

„Und ich hoffe, du findest deinen Vater."

Mit einem Lächeln drehte sich Tom um ging die Treppe hinunter und den Bürgersteig entlang. Noch immer schneite es. Es waren fast keine Menschen mehr auf der Straße. Die Tüte in seiner Hand war natürlich viel leichter geworden. Tom hielt an und sah noch einmal hinein. Mit einem Mal wurde ihm ganz warm ums Herz. Auf dem Boden der Tüte lag zwischen zwei Zimtsternen ein Cœur coulant au chocolat. Ob es nur Zufall gewesen war, oder ob der Mann schon vorher gewusst hatte, was Tom hatte kaufen wollen? Es war egal. Nun konnte es doch noch ein schöner Weihnachtsabend werden. Er wollte gerade wieder loslaufen, als er hinter sich einen Ruf hörte. „Warte!"

Tom drehte sich um. Da stand der Mann mit der Krücke. Er war ziemlich außer Atem. Trotzdem kam er auf Tom zu.

Dann fragte er: „Wie war nochmal dein Name?"

Zimt und Stern

14 Minuten

ANDREA NESSELDREHER

Zwei Weißröckchen fragen sich, was es mit dem Wünschen an Weihnachten wohl auf sich hat. Eine poetische Kindergeschichte zum Nachdenken, Lachen und Freuen!

„Wann geht es endlich los?“

„Ich bin schon so aufgeregt!“

„Hoffentlich machen wir alles richtig!“

Aufgeregt plapperten die Schneeflöckchen durcheinander. Sie waren ausgewählt worden, an einem ganz besonderen Tag auf die Erde herabzuschneien. Am Weihnachtsabend durften sie vom Himmel tanzen, um den Menschen Freude zu machen.

Jede Schneeflocke träumte davon, an Weihnachten schneien zu dürfen, denn die Weihnachtsflöckchen wurden mit dem schönsten Glitzern, dem prächtigsten Funkeln und den federleichtesten weißen Röckchen angekleidet, damit sie besonders anmutig und graziös zur Erde schweben konnten. Alle Menschen freuten sich über weiße Weihnachten, sogar diejenigen, die Schnee sonst nicht mochten.

„Was bedeutet eigentlich Weihnachten“, fragte das Schneeflöckchen mit der Nummer 19.

„Die Menschen feiern den Geburtstag von Jesus Christus, Gottes Sohn“, antwortete eines der Flöckchen.

„Und sie beschenken einander“, wusste ein zweites. „Weil auch Jesus zu seiner Geburt Geschenke bekommen hat.“

„Die Kinder schreiben Wunschzettel und wenn sie brav waren, werden ihre Wünsche erfüllt", erklärte Schneeflöckchen 498. Es war mit Flöckchen Nummer 19 eng befreundet. Eines war immer in der Nähe des anderen zu finden, so gerne mochten sie sich.

„Was würdest du auf deinen Wunschzettel schreiben?", fragte 19.

498 musste nicht lang überlegen. „Ich hätte gerne einen Namen anstelle meiner Nummer. Das wäre mein größter Wunsch."

„Das kann ich verstehen", antwortete die Freundin. „Und ich wüsste gerne, was dieses Weihnachten für die Menschen bedeutet. Das ist mein größter Wunsch."

„Lass uns beide ganz fest unsere Wünsche wünschen, vielleicht gehen sie in Erfüllung", schlug 498 vor.

„Es geht gleich los!", rief ein Flöckchen in ihrer Nähe. Nun wuselten die kleinen Schneeflocken aufgeregt durcheinander. Die ersten standen bereits ganz vorne auf ihrer Wolke und machten sich bereit zum Sprung. Natürlich konnten nicht alle Flöckchen gleichzeitig losschneien.

19 und 498 nahmen sich bei der Hand und stellten sich an. Wenig später waren sie zum Rand der Wolke aufgerückt und dann – endlich! – durften sie springen.

Ein sanfter Wind ergriff sie und sie schwebten davon. Zunächst segelten sie durch die vielen Wolken, auf denen andere Flöckchen auf ihren Absprung warteten. Bald schon hatten sie jedoch das Ende der Wolkendecke erreicht und konnten bereits die Erde sehen. Langsam und noch immer Hand in Hand näherten sich 19 und 498 einem dunkelgrünen Flecken und erkannten, dass es sich um einen Tannenwald handelte.

Eine Windböe ließ sie zur Seite trudeln und sie erreichten den Wald. An der Spitze einer wohlgeformten Tanne inmitten einer kleinen Lichtung hielt 498 sich fest und zog die Freundin neben sich. Der Ast, auf dem sie sich niedergelassen hatten, federte ein wenig nach und blieb dann ruhig stehen.

„Nun sind wir also angekommen. Mitten im Winterwald", flüsterte 498 andächtig.

„Psst, sei leise, dort kommt jemand", tuschelte die Freundin.

Mucksmäuschenstill beobachteten die beiden, wie zwei Menschen durch den stillen, dämmrigen Wald spazierten. Es waren ein Mann und eine Frau. Sie hielten sich an der Hand, genau wie die beiden Schneeflocken. Weiß schimmerten die Haare der Menschen und erst als sie der Tanne ganz nahegekommen waren, erkannten die Flöckchen, dass keineswegs Schnee auf ihren Köpfen lag, sondern dass das Alter das Haar der beiden hatte weiß werden lassen.

„Schau einmal an, Leopold, was für eine herrliche Tanne", sagte die Frau.

Der Mann an ihrer Seite nickte und antwortete: „Ja, du hast recht, Lörchen, ein ganz wunderbarer Baum. Wie anmutig er hier im Wald ausschaut. Ich glaube, das ist unser Weihnachtsbaum."

„Es ist eine gute Idee, unseren Weihnachtsbaum hier im Wald zu besuchen", sagte Lörchen. „Es wäre doch ein Jammer gewesen, wenn wir einen solchen Baum gefällt und mit in unsere Wohnstube genommen hätten."

Leopold lächelte. „Auf jeden Fall. Wir hätten ihn nur mit glänzenden Kugeln und allerhand buntem Zierrat schmücken können, aber keinesfalls mit solch einzigartigen Schneeflocken. Schau einmal hier." Er deutete auf die beiden Schneeflocken, die sich atemlos an den Ast klammerten, auf dem sie gelandet waren. Beide Menschen betrachteten feierlich die glitzernden Kristalle. Die Flöckchen verharrten reglos, um sich nicht zu verraten.

„So muss ein Weihnachtsbaum geschmückt sein", fuhr der Mann fort. „Mit Schneekristallen, die heller funkeln als das jede

Glaskugel könnte. Ich weiß nicht, wann mir zuletzt ein Weihnachtsbaum solch eine Freude gemacht hat.“

Lörchen wandte den Blick als erste ab und gab Leopold einen Kuss auf die Wange. Beider Augen funkelten. Leopold strahlte Lörchen an.

„Und nun lass uns nach Hause gehen, mein Engel.“

Er legte den Arm um ihre Schultern und sie lächelte. Sie entfernten sich und noch eine ganze Weile hörten die beiden Flöckchen ihre knirschenden Schritte im Schnee.

498 wagte endlich wieder Luft zu holen. „Die beiden sahen sehr glücklich aus, findest du nicht auch?“, fragte sie.

Ihre Freundin nickte. „Ja, das stimmt. Aber sie hatten keine Geschenke dabei.“

Sie erinnerten sich daran, was die anderen Flöckchen über Wunschzettel erzählt hatten und welche Bedeutung Weihnachtsgeschenke für Menschen zu haben schienen.

„Aber sie haben sich trotzdem gefreut. Über den schönen Tannenbaum. Und sogar über uns“, bemerkte 498. „Vielleicht stand das auf ihrem Wunschzettel? Dass es an Weihnachten schneit?“

„Ich glaube, am meisten haben sie sich darüber gefreut, dass sie zusammen hier sein konnten, meinst du nicht?“, sagte die Freundin. „Das ist auch ein Geschenk.“

19 drehte eine federleichte Pirouette. „Aber glaubst du, das war schon alles? Ich wollte doch so gerne mehr über Weihnachten erfahren.“

„Dann lass und noch ein wenig weiter schneien“, schlug 498 vor.

Beide fassten sich wieder an den Händen, warteten bis eine kräftige Windböe vorbeikam, und ließen im rechten Moment los. Der Wind trug sie erneut viele Meter hinauf in die Luft. Erst in einiger Entfernung schwebten sie langsam wieder zu Boden. Diesmal befanden sie sich über einer Stadt. Direkt vor ihnen tauchte ein großes Gebäude mit einem hohen, spitzen Turm auf. Beide Flöckchen nahmen allen Mut zusammen und ließen sich fallen. Beinahe wären sie zu Boden gepurzelt, doch im allerletzten Moment konnte sich 498 am Sims eines schmalen Fensters mit bunten Scheiben festhalten. Sie zog ihre Freundin, deren Hand sie nicht losgelassen hatte, zu sich hinauf. Neugierig spähten beide durch das Fenster in einen großen Raum. Viele Menschen saßen dort in langen Reihen auf Bänken. Vorne gab es einen Tisch mit einer brennenden Kerze darauf, darüber hing ein Kreuz und davor standen zwei Mädchen in weißen Kleidern. Eines davon sang, das andere spielte auf einer Geige. Durch die Fensterscheibe drang die Musik nur gedämpft nach draußen, doch sie klang wunderschön. Der melancholische Klang der Geige verband sich mit der glockenhellen Stimme der Sängerin. Die Menschen im Gebäude lauschten der Musik andächtig. Nach einer Weile stimmte die Geigerin ein neues Lied an. Eine Orgel spielte dazu und schließlich begannen alle Menschen gemeinsam zu singen. Sie sangen so laut und inbrünstig, dass man sogar draußen jedes Wort verstehen konnte.

„Oh, wie schön sich das anhört“, sagte 19 ehrfürchtig.

„Sie singen über Jesus´ Geburt“, stellte 498 fest. „Und darüber, welch große Freude das ist. Aber nichts über Geschenke.“ Nachdenklich betrachteten die Flöckchen die Menschen. Sie schienen alle fröhlich zu sein. Sie lächelten und manche hielten sich an der Hand.

„Vielleicht gibt es auch Geschenke, die man nicht sehen kann?“, grübelte 19.

„Es ist auch ein Geschenk, wenn man gemeinsam Musik hören und zusammen singen kann.“ Davon war 498 überzeugt.

„Mein schönstes Geschenk wäre es ja, einen Namen zu bekommen. Den kann man auch nicht sehen“, bemerkte sie.

19 nickte nachdenklich. „Und zu wissen, was den Menschen Weihnachten bedeutet, ist vielleicht auch unsichtbar. Aber ich glaube, ein wenig habe ich nun schon über Weihnachten gelernt. Die Menschen verbringen Zeit zusammen."

„Lass uns noch weiter fliegen", schlug Nummer 498 vor.

Als die nächste Windböe sich näherte, sprangen beide mutig in den Wind. Der Flug dauerte nur kurz, denn über einem mit unzähligen Lichterketten geschmückten Haus erstarb der Luftzug urplötzlich und beide Flöckchen purzelten in die Tiefe. Sie trudelten kopfüber hinunter und fingen sich erst kurz vor dem Boden wieder. Mit einem tollkühnen Flugmanöver erreichten sie das Fensterbrett des Hauses und blickten nach drinnen. Dort sahen sie einen reich gedeckten Esstisch mit vielen Kerzen. Nicht weit davon entfernt stand ein mit bunt glänzenden Kugeln geschmückter Baum. Darunter lagen viele Päckchen eingeschlagen in farbenfrohes Papier.

„Schau, hier gibt es tatsächlich Geschenke!", rief 19 fröhlich.

„Aber wo sind die Menschen?", überlegte 498. „Müssten sie nicht besonders glücklich sein, mit den vielen Päckchen?"

In diesem Moment hörten sie von der Rückseite des Hauses lautes Gelächter. Ein Junge und ein Mädchen kamen um die Ecke gerannt. Ihnen folgten zwei Erwachsene. Die Frau trug eine gläserne Schale mit Gebäck und Becher vor sich her, der Mann eine Kanne, in der eine rote Flüssigkeit dampfte.

Das Mädchen bewarf den Jungen mit einem Schneeball, sie tollten im Schnee, wälzten sich durch die aufstiebenden Flocken und schrieen durcheinander. Schmunzelnd sahen ihnen die Eltern zu. Nach einer Weile fielen weniger Flocken und schließlich hörte es ganz auf zu schneien. Die Kinder begannen einen Schneemann zu bauen. Während sie die Kugeln rollten, rief das Mädchen begeistert: „Mama, das ist so toll, an Weihnachten im Schnee spielen zu können!“

Die Mutter nickte. „Das freut mich, Magdalena, dass es dir so großen Spaß macht. Ich glaube, Jan hat auch sein Vergnügen.“

Auf der Gartenmauer stand die gläserne Schale. Die beiden Flöckchen sahen, dass fein ausgestochene Plätzchen darin lagen, Tannenbäume, Herzen und Sterne. Sie waren alle mit einer glänzenden bunten Zuckerschicht überzogen.

19 stupste 498 an. „Die Geschenke haben wohl doch keine so große Bedeutung. Schau einmal, wie diese Familie Spaß hat, ganz ohne Geschenke.“

Die Freundin nickte. „Es ist den Menschen offenbar wichtig, etwas gemeinsam zu tun. So wie das Pärchen im Wald und die Menschen vorhin, die gemeinsam musiziert haben.“

„Schließlich sind wir ja auch gerne zusammen“, ergänzte 19.

„Das ist der erste Heiligabend seit Ewigkeiten, an dem es schneit“, sagte der Vater. Er wandte sich an die Kinder: „Jan, Magdalena, wisst ihr eigentlich, dass jede Schneeflocke anders aussieht? Keine ist gleich, obwohl es Millionen davon gibt.“

Die Kinder wandten sich zu den Eltern um. „Ehrlich?“, fragte Jan und nahm sich ein sternförmiges Plätzchen. Auch Magdalena griff nach einem gezuckerten Stern.

„Sehen sie aus wie Sterne?“, fragte sie und hielt das Plätzchen in die Luft.

Der Vater schüttelte den Kopf. „Nein, eigentlich sehen sie aus wie Kristalle. Deshalb glitzern sie auch so schön.“ Er blickte in den Himmel, doch keine einzige Flocke war mehr weit und breit zu sehen. „Schade, es hat aufgehört zu schneien“, sagte er. „Wenn die Flocken vom Himmel schweben, kann man sie auf dem Ärmel auffangen und für einen Moment ansehen, bis sie schmelzen.“

„Oh, ich möchte so gerne ein paar Schneeflocken sehen“, rief Magdalena enttäuscht. Auch Jan machte ein trauriges Gesicht.

498 blickte ihre Freundin an. „Was meinst du, sollen wir ihnen den Gefallen tun?“

19 nickte. „Mein Wunsch ist schließlich schon in Erfüllung gegangen. Ich weiß jetzt, dass es an Weihnachten gar nicht um Geschenke geht, sondern um das Miteinander. Und darum, dass auch kleine Dinge Freude bereiten können, die man nicht sehen kann. Lass uns diesen Kindern eine Freude machen.“

Beide Flöckchen holten tief Luft, rückten ihre glitzernden Röckchen noch einmal zurecht, nahmen Anlauf und sprangen vom Fensterbrett aus in Richtung der Kinder. Beide hielten noch immer das Plätzchen in den behandschuhten Händen. Magdalena bemerkte die beiden einzelnen Flocken als erste.

„Da sind noch zwei, lass sie uns einfangen.“

Die Kinder streckten jeweils einen Arm in Luft. Sie hatten die Plätzchen ganz vergessen und so brachen sie in lautes Gelächter aus, als je ein Flöckchen auf der Zuckerglasur des Zimtsterns landete.

Für einen kurzen Moment bestaunten sie die kristallartige, unverwechselbare Form der Schneeflöckchen andächtig. Dann begannen die zerbrechlichen Gebilde zu schmelzen.

Im letzten Moment hörte 498 wie Magdalena sagte. „Meine Schneeflocke ist wunderschön. Ich nenne sie Stern. Weil sie doch auf einem Stern gelandet ist.“

„Dann nenne ich meine: Zimt. Schließlich ist sie auf einem Zimtstern gelandet“, ergänzte Jan.

„Zimt und Stern?“ Die Mutter lächelte. „Das sind sicher die schönsten Namen, die sich zwei Schneeflöckchen vorstellen können.“

Ein Tag im Advent

6 Minuten

SUSANNE WALDNER

Eine kleine, zarte Geschichte, die durch Kinderaugen auf Krieg und die Hoffnung auf Frieden schaut.

Der kleine Paul mit den blonden Locken rutschte unruhig auf seinem geflickten Hosenboden hin und her. Dabei lauschte er dem fernen Dröhnen draußen am Himmel.

Er hielt den Kopf in die Hände gestützt und stemmte abwechselnd beide Ellbogen auf den abgeschabten Küchentisch. Linker Arm – rechter Arm. Linker Arm – rechter Arm. Unter das eine kürzere Tischbein hatte die Mutter eine kleine Papierkugel geschoben. Wenn er aber nur fest genug aufdrückte, wackelte der Tisch trotzdem.

Sofort zur Nachbarin rennen, wenn Alarm kommt!

Das hatte die Mutter ihm eingeschärft, bevor sie ihn heute Morgen verließ, um ihre Lebensmittelmarken einzulösen.

Paul dachte, sie müsste jetzt schon hundert Stunden fort sein. Er fürchtete sich meistens ein bisschen, wenn er allein war. Und sein Magen knurrte. Wie immer. Aber an diesem Morgen ganz besonders laut.

In der kleinen Breslauer Wohnküche im dritten Stock des alten Hauses herrschte klamme Kälte. Vor das Fenster hatte die Mutter eine Decke gehängt, die Zugluft abhalten sollte. Der schwarze Ofen in der Ecke, der ihnen auch zum Kochen diente, blieb meistens aus. Es gab zu wenig kostbare Kohle. Neben dem Ofen stand ein schmales Feldbett. Dort kuschelte Paul sich nachts unter der kratzigen Wolldecke an seine Mutter. Dann hatten sie beide es wenigstens ein bisschen wärmer.

An diesem Morgen hatte Paul den zwanzigsten Kohlestrich auf die abblätternde Tapete gemalt. „Als Adventskalender“, hatte er der Mutter beim ersten Strich erklärt. Erst hatte sie geschimpft, aber dann nur traurig genickt und dabei ein bisschen gelächelt.

Ob das Christkind dieses Jahr vielleicht etwas für ihn vorbeibringen würde? Am allerschönsten wäre eine riesige Wurst mit Kartoffelsalat. Und dann noch Pudding. So viel, bis er platzte.

Paul schämte sich ein bisschen für seine Gedanken. Er war ja schon sieben und wusste von der Mutter und den älteren Kindern, dass es das Christkind gar nicht gibt.

Und die letzten Jahre hatte er auch immer nur einen Schal oder mal eine Jacke für den Winter bekommen. Alles geflickt von seinem Cousin Karl. Karl war ein Jahr älter als Paul und wohnte jetzt mit Tante Ruth im Nachbarhaus, zusammen mit einer anderen Familie in einer engen dunklen Wohnung. Dort roch es immer ganz schlimm. Das schöne Haus von Tante Ruth und Karl gab es nicht mehr. Ihr Stadtviertel wurde ausgebombt. Tante Ruth weinte immer und redete nur noch selten.

Endlich hörte er das vertraute Klappern am Schloss der Wohnungstür. Die Mutter war wieder da! Paul sprang erleichtert vom Stuhl und rannte ihr entgegen. Fest schlang er die Arme um sie und drückte das Gesicht in ihren dünnen Mantel.

Die Mutter ging in die Hocke und nahm sein Gesicht in ihre blau gefrorenen Hände. „Na, na, Paulchen? Hast du geweint?“, fragte sie leise und schaute ganz besorgt.

Er biss sich fest auf die Lippen und schüttelte energisch den Kopf. Aber es wollte ihm nicht gelingen, die Tränen zurückzuhalten. Sie liefen ihm über das Gesicht und tropften auf die rauen Dielen.

Die Mutter war oft so traurig. Er wollte für sie groß und stark sein. Aber Paul hatte auch Angst. Davor, dass sie nicht mehr zurückkehrte, wenn sie die Wohnung verließ. So, wie der Vater. Den kannte Paul nur von Fotos und Erzählungen. Und er hatte auch Angst davor, immer Hunger haben zu müssen. Aber am allermeisten fürchtete er die Stunden im Keller. Dort saßen sie dann zusammen mit all den anderen aus dem Haus: den Spielkameraden, den schreienden Babys, den weinenden Frauen. Es stank im Keller und man bekam kaum Luft. Bei jedem nahen Bombeneinschlag dröhnte und zitterte das Haus. Und manchmal mussten sie ohne Licht noch ganz lange im Dunkeln sitzen, bis die Sirene endlich Entwarnung gab.

Die Mutter wischte ihm die Tränen mit einem Zipfel seines Pullovers ab und richtete sich auf.

„Weißt du was, Paulchen?", sagte sie. „Jetzt freuen wir uns ein bisschen auf Weihnachten. Heute habe ich Brot bekommen. Und sogar Butter!"

Paul blinzelte die letzten Tränen fort und inspizierte das löcherige Einkaufsnetz auf dem Küchentisch. Mmmhhh ... Butter! Sein Magen knurrte wieder vernehmlich. Schnell lief er zum Schrank und holte einen Teller heraus. Einer reichte für sie beide, sie hatten nicht viel Geschirr.

Die Mutter nahm den Schürhaken und gab Papier und ein paar kostbare Kohlestücke ins Feuer. Paul durfte mit ihr am Ofen stehen und den Kerzenstumpen anzünden. Er sah den tanzenden roten und gelben Funken zu und fühlte sich etwas getröstet. Die Mutter nahm die Kerze und die beiden Butterbrote und sie setzten sich an den Tisch. Sie schob ihm den Teller hin und drückte kurz seine kleinen Hände.

Dabei sagte sie nachdenklich: „Schon fünf Jahre herrscht jetzt Krieg. Weißt du, Paulchen, wir wollen uns ganz fest wünschen, dass endlich wieder Friede einkehren möge in der Welt."

Paul nickte automatisch und hatte dabei nur Augen für die Brote. Er konnte sich nicht vorstellen, was „Friede" bedeuten sollte. Er war ja erst sieben.

Mutter erzählt

6 Minuten

Elisabeth Weiger

Weinen und Lachen liegen manchmal sehr nah beieinander. Und manchmal haben tragische Ereignisse die Kraft, in späteren Generationen ein Gefühl der Verbundenheit zu schaffen.

Zeit für uns, Zeit für nur eines ihrer fünf Kinder, gab es die?

Von morgens bis abends, von Montag bis Sonntag, die ganze Woche über war unsere Mutter eingespannt in ihre vielen Aufgaben und Pflichten, in ihrer Sorge um Haus, Geschäft, Mann und Kinder.

Wenn es jedoch gegen Ende des Jahres früh Abend wurde und es draußen so dunkel und kalt und drinnen so warm und gemütlich war, dann hatte sie manchmal Zeit für uns.

War unser Gemischtwarenladen, der Dreh- und Angelpunkt des Dorflebens in jenem kleinen Ort auf der Schwäbischen Alb, endlich geschlossen, die Haustür abgesperrt, der Vater außer Haus seinen Geschäften nachgehend, dann kam sie mit müden Schritten den kalten, langen Flur entlang zu uns in die Wohnstube.

Traf sie dort ihre Kinderschar friedlich beim Spielen an, dann setzte sie sich auf das ausladende Sofa neben dem überhitzten Gasofen, streckte die schwer gewordenen Beine weit von sich, legte den linken Arm auf der Sofalehne ab und seufzte tief.

Es dauerte nicht lange und unsere Spielsachen lagen unbeachtet in der Ecke. Wir drängten uns neben sie. Wir waren vier Schwestern. Und unsere Kleinste durfte den Platz zur Rechten unserer Mutter einnehmen.

Der Tag konnte nie schöner ausklingen.

Unsere Mutter erzählte.

Und wie sie erzählen konnte!

Mit Geschichten über die Milchstraße begann sie.

Für unsere Mutter war sie keinesfalls eine unermesslich große Ansammlung von Sternen, nein, die Milchstraße war eine sanft nach oben sich weitende geschwungene Straße, die geradewegs in den Himmel führte. Auf beiden Straßenseiten reihte sich ein Spielzeugladen an den anderen. Weihnachtlich geschmückte Schaufenster voller Puppen, Baukästen, Spiele und Bilderbücher ließen uns wohlig erschauern und noch fester an das Christkind glauben. Bei dieser Fülle an wunderbaren Dingen würden unsere Wünsche ganz bestimmt in Erfüllung gehen, so dachten wir.

Wollte unsere Mutter nach dieser Reise zur Milchstraße eine kleine Erzählpause einlegen bettelte schon eine von uns: „Erzähl noch von deinem kleinen Bruder!"

Wieder und wieder wollten wir sie hören, die traurige Geschichte vom kleinen Eduard, die Geschichte, die uns mitten ins Herz traf und jedes Mal aufs Neue erschauern ließ.

Zwei Tage vor Heiligabend war das jüngste Geschwisterkind unserer Mutter am plötzlichen Kindstod gestorben. Aufgebahrt lag der tote Säugling in einem der kalten Gästezimmer im zweiten Stock des Gasthauses, dem Elternhaus unserer Mutter. Nach den Feiertagen sollte der kleine weiße Sarg in die fest gefrorene Erde auf dem Friedhof am Rande des Dorfes gesenkt werden.

„Es war an Heiligabend ...", so begann unsere Mutter jedes Mal mit dieser Geschichte.

Und wir rückten noch enger zusammen, hingen an ihren Lippen und warteten gespannt auf die immer gleichen Worte, begleitet von den immer gleichen Pausen, Seufzern und Gesten.

„... im Jahr 1916“, so fuhr sie fort. „Es war Krieg und mein Vater Soldat in Frankreich. Eure Großmutter bewirtschaftete den Adler, die Brauerei und den Bauernhof allein. An jenem Winterabend saßen wir zusammen in der guten Stube: wir vier Kinder, die Mutter und die Großmutter. Bald schon sollte das Christkind kommen und vielleicht, so hofften wir, würde der eine oder andere Wunsch in Erfüllung gehen. So gemütlich, so warm, so festlich war es in der guten Stube! Schon brannten rote Kerzen am Baum, bullerte der dunkelgrüne Kachelofen, glühten unsere Backen vor Hitze und lauter Vorfreude.

Meinem Bruder Karl fiel zuerst auf, dass jemand fehlte. „Wo ist denn die Paula?“, fragte er in die Runde. Die kleine Paula, gerade zwei Jahre alt, war aus der Stube hinausgeschlüpft, was keinem von uns aufgefallen war.

Schon wollte Mutter ihren Ältesten auf die Suche schicken, da schreckten wir alle auf. Ein Gepolter und ein Klack-Klack, ein kurzes Innehalten und wieder ein Gepolter, gefolgt vom nächsten Klack-Klack, ließen uns ratlos in die Runde schauen. Was war das?

Kam denn der Nikolaus jetzt auch am Heiligabend und bestrafte sein furchterregender Knecht Ruprecht uns Kinder noch einmal, so dachte ich. Oder hatte er vielleicht die Schwester in den Sack gepackt, weil sie nicht folgsam auf ihrem Stühlchen neben der Großmutter saß?

Gerade schob Karl seinen Stuhl nach hinten und wollte auf die Tür zugehen, da hörte das Gepolter auf. Stattdessen hörten wir nun ein Schleifen und ein angestrengtes Schnaufen.

Gebannt starrten wir auf die Stubentür, auf die eiserne Klinke, die sich langsam nach unten bewegte.

Das rotbackige Gesicht der kleinen Paula, umrahmt von klebrigen schwarzen Ringellöckchen, erschien im Türrahmen. Mit letzter Kraftanstrengung stemmte unsere Schwester die schwere Holztür auf.

„Buele friert's!“ So klärte sie uns vorwurfsvoll auf und steuerte mit dem kleinen Brüderchen, den sie an einem Bein aus dem Sarg, aus der Kammer und holterdiepolter die steile Treppe hinab Stufe für Stufe ins Erdgeschoß gezerrt hatte, zielstrebig auf den heißen Ofen zu. Dort legte sie das steifgefrorene Körperchen behutsam ab, blickte befriedigt in die Runde und nahm ihren Platz ein.“

Nach einer kleinen Pause fuhr Mutter fort:

„Niemand schimpfte mit der Paula. Sie hatte das Richtige getan. Wir alle waren wieder beieinander. Zwei Jahre später kam mein Vater aus dem Krieg zurück und nach und nach wurden noch fünf Kinder geboren. Dem ersten Jungen gaben meine Eltern den Namen Eduard.“

Bienvenido

8 Minuten

CHRISTA ZÖLLNER-HABERBOSCH

Eine stimmungsvolle Reisegeschichte, die uns auf den Spuren von Maria und Josef ins Bergland der Anden nach Peru mitnimmt.

Es geschieht, wie jedes Jahr, so auch dieses Mal.

Auf den Spuren hoch oben in den Anden Perus sind immer wieder diese Schritte zu hören. Sie bewegen sich auf der Route Cusco nach Puno, im Schatten der Eucalyptos Bäume. Cusco, die alte Kaiserstadt, war das Zentrum der Indios in den Anden. Trotz aller Zerstörungen während ihrer langen Geschichte zeigen heute zahlreiche imposante Sehenswürdigkeiten ihren damaligen Glanz.

Entlang des Weges zeigt die Gebirgskette der Anden ihr unglaubliches Panorama, das von zahlreichen Vulkanen durchbrochen ist. An den Berghängen suchen sich Wasserfälle ihren Weg und versorgen unweit liegende Terrassenfelder mit der notwendigen Feuchtigkeit. Hier und da erstrahlt die Cantuta, die heilige Blume der Inkas, in ihren strahlenden Farben weiß, gelb, rosa und rot.

Man hört, wie sich die Schritte fortbewegen, mal langsamer, mal schneller, den Gebirgspfad erklimmend, ansteigend, vielleicht auch deshalb etwas beschwerlich. Sie werden bemerkt und aufmerksam verfolgt von Gefährten, die dort heimisch sind und sich auskennen: den Vikunja und Chinchillas.

Und wieder erhallen diese Schritte. Sie kommen immer näher.

Ein Edelweiß leuchtet den Wanderern ihren Weg. Jetzt sind sie zu sehen. Nun ist zu erkennen, warum diese Schritte immer wieder so laut zu hören waren. Es sind die Hufe eines Esels, deren Klang den Weg durch die Berge ebnete. Auf dem Esel sitzt eine Frau. Neben ihm läuft ein Mann.

Sie werden von Einheimischen angesprochen:

„Wer seid ihr?"

Sie stellen sich vor: „Wir heißen Maria und Josef."

„Wohin wollt ihr?"

„Wir suchen einen besonderen Ort", antwortet Josef. „Maria erwartet ein Kind. Es soll bald geboren werden. Dafür suchen wir einen sicheren Ort, damit das Kind sich wohl und geborgen fühlt. Wir sind schon sehr lange unterwegs. Deshalb ist es Zeit, dass wir bald eine Herberge finden. Maria braucht Ruhe, damit sie sich auf die Geburt vorbereiten kann."

Die Menschen sind hellhörig geworden. Sie freuen sich, dass bald ein neuer Erdenbürger das Licht der Welt erblicken wird. Sie können sich auch vorstellen, wo dieser „besondere Ort" sein könnte. Stolz zeigen sie den beiden Reisenden den Weg: „Wenn ihr diese Richtung geht, kommt ihr an einen See. Dort wird man euch helfen, die richtige Herberge für euch und das Kind zu finden."

In diesem Moment erhebt sich vor ihnen ein Vogel und breitet majestätisch seine Flügel aus. Es ist der Nationalvogel von Peru, der Andenfelsenhahn. Er fliegt voraus und weist den Weg zu diesem besonderen Ort, dem Titicacasee. Dieser liegt in einer Höhe von viertausend Metern und ist etwa fünfzehnmal so groß wie der Bodensee. Gleichwohl strahlen seine Blautöne von Azurblau bis Türkis eine gewisse Ruhe aus. Es ist in der Tat ein besonderer Ort.

Ein breiter Schilfgürtel im Norden des Sees bietet nicht nur Schutz. Die Menschen, die dort heimisch sind, das Volk der Uru, stellt aus diesem Schilf, der „Tortora-Binse", schon seit vielen

Jahrhunderten kleine Inseln her, auf denen sie auf dem See leben können – sicher und im Einklang mit der Natur. Der Titicacasee wird durch ein angrenzendes Naturschutzgebiet geschützt und durch die darin sich verbreitende Tiervielfalt und Flora bereichert.

Im ganzen Land herrscht seit Wochen Betriebsamkeit. Die Menschen bereiten ein großes Fest vor. Düfte ziehen durch die Lande. Es ist eine Zeit, in der sie für ihre Gäste ein besonderes Brot backen. Zu den Zutaten gehören Milch, Mehl, Rosinen, Nuss-Nougat, Schokolade und Orangen. Sein Name „Panetón" klingt eher italienisch und hat auch seinen Ursprung aus der Völkerbewegung früherer Jahrhunderte. Die Menschen lieben den süßen Geschmack des Brotes und genießen das frische Aroma der Orangen.

Je nach Region wird das Weihnachtsfest in Peru unterschiedlich gefeiert. Traditionell gibt es zum Abendessen Truthahn gefüllt mit Früchten, meist mit Äpfeln. Dazu Salate, Reis mit Oliven und Trockenfrüchte.

Wie alle Kinder auf der Welt freuen sich auch die Kinder in Peru besonders auf Weihnachten. Nur sieht ihre Kindheit etwas anders aus. Sehr viele von ihnen leben in bitterer Armut und müssen arbeiten gehen. Doch aufgrund ihrer Geschichte fühlen sich alle Kinder Perus als Kinder der Sonne. Um ihre Lebensgrundlage in den Anden zu verbessern, erlernen sie in der Schule das interkulturelle, handwerkliche und landwirtschaftliche Wissen aus der Inkazeit und auch den sorgsamen Umgang mit der Natur. So lernen sie den Nutzen der heimischen Vegetation kennen. Die meterlangen Wurzeln der „Putaqa"-Pflanze haben zum Beispiel die Fähigkeit, das Grundwasser an die Oberfläche zu ziehen. Hierfür werden eigens Putaqa-Quellen angelegt, sodass sich auch zahlreiche Familien mit Wasser versorgen können.

Natürlich nutzen die Kinder auch jede Möglichkeit draußen an der frischen Luft Fangen zu spielen oder die Umgebung zu erkunden. Weihnachten ist auch eine Zeit des Teilens. Eine Tradition ist deshalb, den Kindern in den ärmeren Regionen heiße Schokolade anzubieten. Natürlich ist das in einem Land der edlen Kakaoschätze eine Delikatesse.

Besondere Freude haben die Kinder daran, dass nicht nur daheim, sondern in den Städten und Dörfern im ganzen Land Krippen auf den Plätzen aufgestellt werden. Es sind teilweise pompöse Miniaturlandschaften von Betlehem. Aber das Jesukind wird erst am Heiligabend hineingelegt.

Manchmal stellen auch die Menschen Krippenszenen nach. Anstelle von Figuren platzieren sie sich selbst in eine Krippe, um so das nahende Weihnachtsfest erlebbar zu machen.

Auf den Weihnachtsmärkten herrscht buntes Treiben. Hier werden handwerkliche Arbeiten verkauft, aber auch Strickereien aus Alpacawolle in allen Farben. Gerne werden auch handgefertigte Weihnachtskunst und -figuren gekauft. Es wird Weihnachtsmusik gespielt, sodass eine feierliche Stimmung entsteht. Die Menschen freuen sich auf das Zusammensein mit der Familie und Freunden.

Ja, es ist geschehen: Ein Kind ist geboren! Willkommen!

Ein Kind erblickt das Licht der Welt. Seine Strahlen überziehen die ganze Welt mit seinem Glanz. Welch eine Glückseligkeit!

Ein Kind ist geboren und erhält den Namen Jesus. In Peru feiern die Menschen die Geburt Jesu mit einem „Willkommen“. Seine Geburt verkörpert Hoffnung und Zuversicht.

Es bekam kostbare Geschenke: Gold, das ausdrückt: Du bist etwas Besonderes. Weihrauch für dein Wohlergehen und Myrrhe für deine Gesundheit.

Um Mitternacht explodiert am Himmel ein Feuerwerk, das über das ganze Land strahlt. Die Kinder singen: „Wir bringen dem Jesuskind einen bunten Poncho, eine Zipfelmütze aus den Anden und Baumwollschuhe. Und alle rufen ihm zu: Cholito – Andenkind, wo kommst denn du her? Und alle werden dir glauben: Du bist in Peru geboren."

Im Hintergrund ertönt auf einer Panflöte das Lied „Noche silenciosa" – Stille Nacht – verbunden mit der Sehnsucht nach Frieden.

Schuld – und Sühne?

10 Minuten

Lore Kipphan

Manchmal wird Liebe zu Leiden und Leiden zu gefühlter Schuld. Eine lebensnahe Geschichte, die unter die Haut geht und einen hellen Abend in ein gedämpftes Licht taucht.

Um sechs Uhr verlässt die Nachtwache die Wohnung. Ludwig ist ruhig und Annegret geht verschlafen ins Bad, die kurze Pause nutzend. Im Spiegel schaut ihr eine fremde Frau entgegen, rotgeränderte Augen, ungepflegte Haare und hängende Mundwinkel, als wäre sie im letzten halben Jahr mindestens fünf Jahre älter geworden. Noch ruhig? Annegret nützt die Zeit zum Haare waschen.

Schließlich ist heute Heiligabend. Wird es ihr gelingen, für ihre kleinen Töchter so etwas wie eine Weihnachtsstimmung zu erfinden?

Ihr Vater hat ein Bäumchen aus dem Wald gebracht und sie hat es schon mit Maria und Inge geschmückt. Wie alle Kinder warten sie aufgeregt aufs Christkind.

Pünktlich um sieben läutet der Pflegedienst, um ihren Mann Ludwig zu waschen und frisch anzuziehen. Die Pflegerin bringt Annegret eine Bienenwachskerze und Lebkuchen mit. Maria und Inge wachen auf, tapsen in die Küche und sehen sofort die Lebkuchen. Annegret lässt sie noch nicht an den Tisch. „Wascht euch und schlüpft in eure hübschen Kleider, ich richte das Frühstück."

Danach darf jede schon einen Lebkuchen naschen, während Annegret ihnen Kaba eingießt und Brote schmiert. Annegret braucht eine starke Tasse Kaffee. Ohne Appetit isst sie ein Brot dazu, um bei Kräften zu bleiben.

Kaum hat die Pflegerin einen gesegneten Heiligen Abend gewünscht, jammert mit heiserer Stimme schon Ludwig nach ihr. Sie gibt den Mädchen ihre Malblöcke, damit sie Bilder für die Oma, den Opa und den Papa malen. Sie gießt Tee in die Schnabeltasse, stellt sie und einen Teller Grießbrei auf das Tablett und nimmt die Mädchen kurz mit. Sie begrüßen ihn mit einem: „Guten Morgen Papa, heute ist Heiligabend, wir malen gleich ein schönes Bild für dich."

Er grummelt etwas vor sich hin und sie gehen gerne wieder.

Annegret stellt das Kopfteil höher, legt ihm ein Handtuch unters Kinn und beginnt ihn zu füttern. Dabei versucht sie ihm etwas zu erzählen, von den Kindern, dem Wetter, den Verwandten, den Tieren oder dem Obstgarten. Nur nicht über seinen Zustand reden, das ist tabu, davon will er nichts wissen. Der Teller ist noch nicht halb leer, da klemmt er seine Lippen zusammen und dreht beim nächsten Versuch auch den Kopf weg. Sie putzt ihm den Mund ab, nimmt das Handtuch und das Tablett und will gerade aufstehen, als er verlangt, sie solle bleiben.

Schnell läuft sie mit den Sachen in die Küche, bewundert die ersten Bilder, legt den Kindern eine Kassette mit Weihnachtsliedern ein und setzt sich wieder an Ludwigs Bett. Sie nimmt seine Hand in die Ihre. Er ist wie ein Kind, scheint zu schlafen, bemerkt jedoch sofort, wenn sie ihre Hand herausziehen will, und protestiert.

So sitzt sie und sinniert. Fünfunddreißig Jahre alt ist Ludwig, sie noch nicht einmal dreißig. Mit sechzehn hatte sie ihn kennengelernt und war wahnsinnig verliebt. Er war groß, hatte dunkle, lange Haare und spielte Akkordeon. Beim Dorffasching hatte er sie zum Tanzen aufgefordert. Sie war begeistert von seinem Schwung. Er ging sofort zur Sache, bot ihr einen Sitzplatz neben sich an, drückte sie an sich und bald auch die ersten Schmatzer auf ihre Wange und den Mund. Jedes Mal, wenn ein Anderer sie auffordern wollte, rief Ludwig: „Schon vergeben!“ und zog sie auf die Tanzfläche. Er brachte sie bis vors Haus und verabredete sich mit ihr für den Ball in seinem Dorf.

Jetzt grollt sein Bauch, er stöhnt und wird unruhig, hat Blähungen. Sie löst ihre Hand aus seiner, holt Waschschüssel und Handtücher. Sie lupft die Bettdecke, rollt ihn vorsichtig zur Seite, wäscht ihn und legt ihm eine frische Windel an. Endlich lässt er sich die Windel gefallen und sie muss nicht jedes Mal das Bett frisch machen. Er wird zusehends kraftloser. Bisher war er ein schwieriger Kranker gewesen, eigentlich ein Tyrann, wie vorher schon in ihrer Ehe. Erst seit zwei, drei Tagen hat er nicht mehr die Kraft, ständig zu meckern und zu kommandieren.

Die Ehe war nach dem zweiten Kind richtig schwierig geworden. Die erste Tochter, Maria, war so pflegeleicht gewesen. Morgens machten sie sich alle fertig, Ludwig fuhr zur Arbeit und Annegret ging mit der Kleinen hinüber zum Hof der Eltern. Dort half sie in Haus und Hof, manchmal mit Maria im Schlepptau, oder allein, während ihre Tochter in der Obhut der Oma war. Abends holte Ludwig sie ab, trug seine kleine Maria die Treppe hoch und Annegret brachte sie ins Bett. Sie und Ludwig setzten sich im Wohnzimmer aufs Sofa, tranken Bier und kuschelten miteinander.

Aber Inge war ein Schreikind. Tagsüber, wenn Annegret bei ihren Eltern war, kam sie weniger zum Arbeiten. Wenn sie Inge abends ins Bettchen legte, wollte das Kind gar nicht aufhören zu schreien. Aber am schlimmsten war die Reaktion von Ludwig. Er nahm es Inge sehr übel, dass sie ständig die abendlichen Kuschelstunden störte. Er wollte Annegret immer für sich.

Gleich nach der Heirat hatte er vorgeschlagen, in keinen Verein zu gehen. Er hörte auch auf, mit seinen Brüdern Musik zu machen. Wenn sie zusammen tanzen gingen, durfte sie mit keinem anderen tanzen. Er trank immer mehr Bier, wurde aggressiv, beschimpfte sie, weil sie einen Mann angeschaut hatte. Sofort musste sie dann mit ihm nach Hause. Dort wurde dann nicht gekuschelt, er war nur grob zu ihr.

Nachdem Ludwig sich erleichtert hat, dämmert er vor sich hin. Annegret ruft bei den Eltern an und fragt, ob sie die Mädchen schon hinüberschicken darf. Kaum haben ihre Töchter sich angezogen und die Türe hinter sich geschlossen, jammert Ludwig nach ihr. Sie will ihm Wasser geben, er verlangt Bier.

Einmal gingen sie wegen Inges Schreien zu einem Wunderheiler. Dieser sagte, zwei Leute im Dorf würden gegen ihr Blut arbeiten. Sie könnten in seinem Spiegel sehen, wer das war. War das unheimlich! Sie begnügten sich damit, dem Heiler ein Foto und ein Haarbüschel von Inge dazulassen, damit er die Widersacher von ihr abhalten könne.

Ob Inge durch den Heiler irgendwann ruhiger wurde oder weil Maria angefangen hatte, sich abends zu ihr ins Bettchen zu legen und sie zu trösten, wusste Annegret nicht. Wohl aber, dass Ludwig immer mehr trank und stets unleidlicher wurde. Zwar hatten sie jeden Abend Sex, aber war das noch Liebe? Dann entdeckte sie beim Bettenmachen die nasse Matratze. Er musste das doch auch bemerkt haben! Warum hatte er nichts gesagt? Hatte er am Vorabend mehr getrunken als üblich? Oder war er krank? Sie hielt lieber den Mund und suchte nach einer dichten Unterlage.

Einmal hatte sie einen elenden Husten und bekam von ihrer Freundin Linda, die im selben Haus wohnte, einen Senfmehlwickel, da hörte sie Ludwig früher nach Hause kommen. „Ich muss gehen!“, sagte sie.

„Annegret, der Wickel darf nicht zu lange bleiben, sonst verbrennt er dich“, erwiderte Linda. „Komm kurz zu mir runter, sobald du ihm das Essen hingestellt hast.“

Doch Ludwig war so griesgrämig, dass Annegret sich nicht weg traute. Als Linda zu ihr hochkam, war ihre Haut schon verbrannt und sie konnte sie nur noch mit Johannisöl einreiben.

Manchmal, wenn Ludwig abends nicht nach Hause kam und Annegret wartete, ertappte sie sich bei dem Gedanken: Vielleicht hat er einen Unfall und kommt nicht mehr wieder.

Um sechs Uhr abends übernimmt für eine Stunde wieder der Pflegedienst, damit sie zu ihren Kindern und den Eltern kann. „Danach liegt auch unter unserem Bäumchen noch ein Päckchen für jede von euch, vom Papa“, erklärt sie. „Jetzt sagt ihr danke und Gute Nacht, dann dürft ihr noch ein wenig im Wohnzimmer spielen.“

Sie versucht Ludwig einen Joghurt zu geben, er will nichts. Heute wird sie die Nachtwache übernehmen, damit die Pfleger Weihnachten feiern können.

Die Mädchen schlafen, sie hält seine Hand. Ludwig ist nicht mehr wiederzuerkennen. Seine stattliche Figur ist verfallen, nur der aufgeblähte Bauch wölbt die Decke. Annegret macht sich schreckliche Vorwürfe, dass ihr manchmal der Gedanke mit dem Unfall gekommen war. Es war doch nur aus Not, dass sie ihm manchmal diesen schnellen Tod gewünscht hatte! Es war auch kein absichtlicher Gedanke gewesen, er schlich sich irgendwie ganz von selbst in ihren Kopf. Und so einen langsamen qualvollen

Krebstod sollte er nie und nimmer haben. Ob es ein wenig als Buße gelten kann, dass sie ihn zu Hause gepflegt hat?

Ihr Kopf sinkt nach vorne, ihre Augen fallen zu. Als sie zusammenschrickt und aufwacht, weiß sie nicht, ob sie hochgezuckt ist, weil seine Hand ganz schlaff aus ihrer gerutscht ist? Sie rennt sofort ans Telefon. „Mutter, ich glaube ...“, stammelt sie.

Mehr muss sie gar nicht sagen, sie kommen beide sofort zu ihr herüber. Sie weint: „Mensch Ludwig! Erst machst du uns das Leben schwer, dann lässt du uns alleine und gehst ausgerechnet am Heiligen Abend! Als hättest du es extra gemacht, damit wir dich sicher nie vergessen können. Nun wird der Heiligabend auch immer ein Trauertag für uns und die armen Kinder sein.“

Mit einem Bein

1 Minute

MIRJAM HESSER

Mit einem Bein
im Winter
mit dem anderen
noch im Herbst
verliere ich
letzte Blätter

Ein einsamer Apfel
schaukelt verträumt
am Ast
während nebenan
der Weihnachtsbaum
sich schmückt

Noch 24 Tage
raune ich ihm zu
dann bewundere ich
dein Grün

Let's talk about Weihnachten, Baby!

11 Minuten

JUTTA MERKT-SCHMIDT

Eine sinnliche, temperamentvolle Geschichte, die Laune macht – und Lust auf süße heiße Schokolade.

„Stell dir vor, ich soll was schreiben über Weihnachten", erzähle ich meiner Freundin Caro im Café. „'ne Kurzgeschichte, Kindergeschichte, Tiergeschichte, was Romantisches oder wie es früher war, so in der Art. Das erscheint dann in 'nem Buch."

„Oh je, du und Weihnachten!" Caro gähnt, rührt ihre heiße Schokolade um und beißt mit ihrem kräftig rot geschminkten Mund genüsslich in ein Vanillekipferl; kleine Krümelspuren bleiben in ihren Mundwinkeln kleben. „Oh je, Weihnachten und wir!"

„Ja eben, was soll ich da schreiben?", antworte ich. „Über Weihnachten ist doch schon alles geschrieben worden, was man sich denken kann, ein völlig abgekautes, uninteressantes Thema. Die Bücher sind voll mit Weihnachtskitsch, Romantik, Sentimentalität, Sozialdrama. Weihnachten ist eines der kitschigsten Themen überhaupt. Zum Beispiel in der Fernsehwerbepause gestern ..."

Das Nippen an der Schokotasse hinterlässt einen kleinen Kakaobart auf Caros perfekter sinnlicher Oberlippe; dafür scheinen die Vanillekipferlbrösel mit der samtigen Schoki weggespült worden zu sein.

„Also in der Fernsehwerbepause gestern“, fahre ich fort. „Soll ich dir mal ein paar Sprüche aufzählen, die da gestern so vorkamen?“

Caro scheint relativ desinteressiert an meinen Auslassungen. Sie holt aus ihrem kleinen silbernen Täschchen ihren Handspiegel hervor und zieht sich mit dem Lipliner gekonnt die Linien nach. Dabei presst sie mehrmals die wunderschönen, vollen Lippen zusammen, um die purpurne Farbe gleichmäßig über den prallen Rundungen zu verteilen.

„Endlich wieder Weihnachten mit allem, was dazugehört“, zähle ich währenddessen die Werbesprüche auf. „Weihnachtszeit, du schöne Zeit ... Zu Weihnachten nur das Beste ... Gerade die kleinen Dinge machen Weihnachten so wunderbar ... Machen Sie aus jedem Tag einen Festtag ... Kinderaugen, die noch heller leuchten als ... Die schönsten Dinge an Weihnachten sind umsonst ... Daddy ist der Weihnachtsmann ... Weihnachten gemeinsam genießen, einander überraschen, Spaß haben und gemeinsam Zeit miteinander verbringen ... Santa Claus, eine schöne Bescherung.“ Ich hole Luft. „Und das alles in zwei Werbepausen“, setze ich hinzu. „Wer hält das aus? Und was soll das? Natürlich alles gesprochen von säuselnden Frauenstimmen, sonorem Hohoho-Weihnachtsmannbass und jubelnden Kinderstimmen. Zusammen wird um die Wette unterm Weihnachtsbaum in die Kamera gestrahlt. Und dann die musikalische Untermalung! ‚Jingle bells, jingle bells, jingle all the way‘ und, noch schlimmer: ‚Driving home for christmas‘ und Konsorten.“

Caro sieht um die Augen herum heute übernächtigt aus, ansonsten umgibt ihre ganze Erscheinung ein Strahlen: Riesige goldene Sterne baumeln an ihren Ohrläppchen und bilden mit dem warmen Kerzenlicht des Raumes faszinierende Lichtreflexe, wenn sie ihren Kopf sanft hin und her bewegt. Und dann erst ihr Blüschen (wo hat sie das denn her?). Ein einziger Traum in Glitzer mit funkelnden Pailletten und Steinchen in diversen Rosé- und Pinktönen.

Wenn ich die Augen nur ein bisschen zukneife und ein bisschen blinzle, könnte man meinen, dass sie an ihren Schultern zarte Engelsflügel aus weichsten Daunenfedern trägt. Aber das kann doch nicht sein, Caro würde doch nicht an einem normalen Werktag im Advent zum Kaffeetrinken in der Stadt Engelsflügel anziehen.

Moment mal ... Was hat sie eben gesagt?

„Vor längerer Zeit hatte ich mal ein besonderes Weihnachtsfest, das ist schon eine ganze Weile her. Ich hatte mich damals über die Feiertage immer wieder mit einem Typen verabredet, den ich schon länger kannte, ein voll cooler attraktiver Typ, und immer zwischen den Familienessen hatten wir uns in der Stadt getroffen. Dann sind wir zum Beispiel immer mit einem Aufzug hoch und runtergefahren und haben heiß geknutscht ... Boah, das war hot, so richtig hot!“ Caro lacht. „Stell dir vor: Mit der Familie mit unschuldigem Pokerbabyface zusammensitzen und nur darauf warten, dass man gleich wieder raus in die Stadt rennen und sich an den Typen drücken kann ...“

Caro packt aus ihrem Silbertäschchen weiche Schokoladenherzen in Sternchenfolie aus, die mit der fluffigen Marmelade in der Mitte. „Magst du? Die habe ich gerade vom Weihnachtsmarkt mitgenommen. Hier, nimm!“ Und sie schiebt mir ein Schokoladenherz unter dem Tisch zu, damit es im Café keinen Ärger gibt.

Das sind einfach die besten Lebkuchen, daran gibt es nichts zu rütteln. Wir lassen sie auf der Zunge zergehen. Die Schoko-Marmelademischung streichelt den Gaumen und setzt ganz viel Serotonin frei. Caro hat mittlerweile rote Backen ob der ganzen Sinnlichkeit; oder hat sie vorher auf dem Weihnachtsmarkt schon Glühwein gebechert? Mit dem ganzen Serotonin bin ich nun einigermaßen geschützt für die Fortsetzung meiner Weihnachtsschelte; auch Caro sieht jetzt wacher aus. „Weihnachten ist ja ein Familienfest", sagt sie. „Die Familie wird gefeiert, und jede Familie feiert sich, Familie neben Familie, jede Familie in ihren vier Wänden, die glückliche Familie!"

„Äh, ach so, und was ist mit den anderen", frage ich. „Mit denen, die keinen Partner haben, keine Kinder, Eltern, Enkel, Urenkel, Großeltern ...? Dürfen die nicht mitfeiern? Oder ist das eine vernachlässigbare Minderheit? Die ohne sogenannte Familie, wo bleiben die bei dem Fest?"

„Es gibt ja so Veranstaltungen von der Kirche unter dem Motto ‚Gemeinsam statt einsam'."

„Aber wer traut sich da hin, unter den mitleidsvollen Blicken der Nachbarn?" Ich schüttle den Kopf. „Ohne glückliche Familie zu sein, ist ein Makel ... also, wenn man es nötig hat, da hinzugehen, das ist doch fast wie Hartz IV. Mit dem Weihnachtsglitzerkitschkaleidoskop wird das, womit man das ganze Jahr über gut lebt, plötzlich riesengroß. Das Weihnachtsglitzerkitschkaleidoskop kann ganz schön blöde Gefühle machen, man kann einsam und traurig werden und sich dafür auch noch schämen ..."

„Halt, stopp!", ruft Caro. „Ist denn die ‚Familie' an sich glücklich? Sind alle Familien glücklich?" Sie holt eine kleine, bunt gemusterte und verklebte Spitztüte aus ihrem Silbertäschchen. Was da alles so reinpasst, denke ich mir. Eine schwache Ahnung des süßen Geruchs nach frisch gebrannten Mandeln weht über den Tisch herüber, als sie sich einige Klumpen aus der Tüte in den Mund steckt – oder ist es ihr Parfüm, das so süß duftet? Gottseidank bietet sie mir nichts aus der Tüte an, die liegt schon zu lange in der Tasche rum für meinen Geschmack.

„Natürlich sind nicht alle Familien glücklich, oder zumindest nicht so glücklich wie die, die mich aus der Fernsehwerbung angrinsen“, sage ich. „Es ist, als hätte jemand Glitzer über die Welt geschüttet und das richtige Leben wird darunter erstickt wie unter einem süßen Brei. Kennst du das Märchen vom süßen Brei?“

Plötzlich wirkt Caro traurig, während ihr Blick in die Ferne schweift und ihre Gedanken in eine andere Zeit mitnimmt. „Weißt du noch, dass meine Mutter kurz vor Weihnachten verstorben ist?“, sagt sie leise. „Wir haben sie gerade noch vor den Feiertagen beerdigen können. Und zwei Jahre davor habe ich an Weihnachten mein Baby verloren.“

Ich weiß es noch und greife über den Tisch hinweg nach ihrer weichen zarten Hand, die schon so viel geschafft hat, und halte sie fest zwischen meinen Händen. Spüre mit ihr die auftauchende Schwere und Trauer inmitten Kerzenlicht, Gold und Silber, roséfarbenen Pailletten, Vanillekipferln, Schoki, Lebkuchen und gebrannten Mandeln. Später erinnern wir uns an unser letztes gemeinsames Weihnachten, den Flug am vierundzwanzigsten Dezember in den tiefsten Süden Europas, an Portugals Küste. „Das war mein verrücktester Flug“, sagt Caro, die Vielfliegerin. „Die süßen Stewards hatten blinkende Nikolausmützen auf, echte Hingucker, die Mützen und die Stewards. Und irgendwo hoch über den Wolken machte ein Passagier seiner Begleiterin öffentlich einen Heiratsantrag.“

„Es ging ja schon vor dem Abflug los“, ergänze ich. „Einer packte beim Warten in der Abflughalle sein Banjo aus und plötzlich tanzten alle und lachten und klatschten und stampften im Rhythmus und grölten, da, wo sonst alle dumpf und stumm in grauem Beton sitzen und auf das Startkommando warten."

Noch jetzt spüren wir bei dieser Erinnerung den Vibe vom letzten Jahr, den Groove der Lebenslust und Freude in unseren Körpern und müssen an uns halten, um nicht aufzuspringen und hier im Frühstückscafé zu imaginierten Banjoklängen loszuwippen.

„Hach, war das schön, letztes Jahr!", sagt Caro versonnen. „Aber jetzt muss ich mal. Das wird schon, Schätzchen, dir fällt sicher was Gutes ein für die Geschichte. Man sieht sich."

Sie schnappt sich ihr Silbertäschchen und geht. Von hinten wirkt sie mit ihrer Lockenpracht fast wie ein Rauschgoldengel auf Highheels.

„Bye, bye!", rufe ich ihr nach.

Nachdem Caro gegangen ist, ist es plötzlich sehr still ohne den ganzen Zauber und Glamour, den sie mitgebracht hat.

You put a spell on me!, denke ich.

Und ich sitze nun alleine da mit meinem verdammten Weihnachts-Gedankenkarussell. Alles Fassade! Show! Große Show, richtig gut, denke ich. Macht Spaß, solange sie nicht zum Diktat, zum Glücks-Diktat sozusagen, verkommt. Das Leben geht weiter wie immer mit all seinen Facetten, es legt ja keine Vollbremsung hin, nur weil Weihnachten ist. Weihnachten ist wie das Leben und die Menschen mit ihren wilden hungrigen Herzen auf der Suche nach Liebe, schwarz und bunt und schillernd und weiß und grau, einfach vielfältig, und das ist gut so; sonst wird aus dem Weihnachtszauber ganz schnell ein böser Zauber.

You put a spell on me!

Wunschkonzert

12 Minuten

Anne Hepp

Das erste gemeinsame Weihnachten bleibt einem jungvermählten Paar besonders im Gedächtnis. Eine tragikomische Geschichte über Wunsch und Wirklichkeit.

Im Jahr 1975 entschied sich ein verliebtes junges Paar zur Hochzeit. Die Braut hieß Marie und hatte mit ihren zweiundzwanzig Jahren noch nicht viel von der Welt gesehen. Bis zu ihrer Hochzeit arbeitete sie auf dem elterlichen Hof. Ein bisschen anders sah es bei ihrem Freund Anton aus. Erstens war er sieben Jahre älter und hatte in vielen Bereichen schon viel erlebt. Er war ein selbstbewusster Mann und stand mit beiden Füßen auf dem Boden. Er wusste, was er wollte, und er hatte beruflich und auch sonst in seinem Leben das erreicht, was er angestrebt hatte.

Marie war gerade mal siebzehn Jahre alt gewesen, als die Freundschaft mit Anton begann. Ihre Eltern waren nicht begeistert. Doch im Grunde genommen war ihr Vater großzügig, was seine älteste Tochter betraf. Schließlich wusste er, dass er seine Marie doch brauchte für die viele Arbeit. Sie arbeitete gerne auf dem Hof der Eltern und übernahm viel Verantwortung für die zehnköpfige Familie.

Wenn dann Marie doch ab und zu mit ihrem Freund zum Tanz gehen durfte, kamen immer die gleichen Worte aus dem Mund ihres Vaters: „Mädle, sei anständig und kenn deine Grenzen."

Und so kam es, dass Marie ihren allerersten Freund nach fünf Jahren Freundschaft heiratete. Ja, es hatte wirklich den Anschein, dass Marie einen starken Mann an ihrer Seite brauchte.

Es gab aber auch Zeiten, in denen Marie zweifelte. Dann fragte sie sich schon des Öfteren: Passen wir beide wirklich zusammen? Schließlich spürte sie immer wieder, dass sie und ihr Anton grundverschieden waren. Für sie gab es von früh bis spät nur die Arbeit auf dem elterlichen Hof, er dagegen hatte einen Beruf, in dem er um sechzehn Uhr Feierabend hatte.

Doch Marie verdrängte diesen Gedanken ganz schnell, weil sie ja ihren Anton liebte. Und sie freute sich auf ein Leben mit Anton im eigenen Haus.

Sie waren sich einig, dass sie heiraten würden, sobald das neue Eigenheim fertig war. Damals war das Zusammenleben ohne Trauschein nicht so einfach und problemlos möglich wie heute. Wenn Anton abends immer wieder bei ihr zu Hause auftauchte, saß man mit der Familie in der Stube. Maries Mutter wartete dann so lange mit dem Zubettgehen, bis der Freund endlich heimging.

Am fünfundzwanzigsten Juni 1975 wurde schließlich in der Turnhalle im Nachbarort die Hochzeit gefeiert. Es war eine große Hochzeit, doch verglichen mit den Hochzeitsfesten von heute eher bescheiden. Es gab keinen Blumenschmuck und keine weißen Tischdecken – nein, es war alles sehr einfach. Doch es war trotzdem ein sehr schönes Fest. Die Gäste hatten alle eine gute Stimmung und feierten bis in die frühen Morgenstunden.

Als Marie nach der Feier von ihrem Angetrauten über die Schwelle des eigenen Hauses getragen wurde, überkam sie ein sehr komisches Gefühl. Sie war nun alleine mit ihrem Mann im großen Haus. Alles war neu, alles ruhig, und alles sehr ungewohnt für Marie. Sie bekam Heimweh nach ihrer großen Familie. Doch sie wusste, sie hatte den Schritt in die Ehe gewagt und: Wer nicht wagt, der kann auch nicht gewinnen! So lebten die beiden glücklich verheiratet und freuten sich an ihrem schönen Heim. Für Marie kam keine Langeweile auf. Sie ging weiterhin jeden Tag auf den Hof, um ihrer Mutter behilflich zu sein.

So verging die Zeit wie im Fluge und ihr Mann und sie freuten sich auf das erste gemeinsame Weihnachtsfest. Marie hatte große Freude daran, ihr Haus weihnachtlich zu dekorieren, das war eine große Leidenschaft von ihr.

Gemeinsam kauften sie ihren ersten Christbaum. Das ging ziemlich schnell über die Bühne. Anton legte keinen so großen Wert darauf, ob der Baum eine oder zwei Spitzen hatte, er meinte dazu nur: „Man kauft einen Christbaum, so, wie er gewachsen ist, und macht keine Wissenschaft daraus, bis man endlich einen Baum ohne Macken gefunden hat.“ Im Grunde genommen hatte er ja recht. Auch Marie war mit dem gekauften Baum sehr zufrieden. Nun fehlte noch der Christbaumschmuck. Marie fand es lustig, mit ihrem Anton die Kugeln für den Christbaum zu kaufen. Er hatte dafür keine Geduld. Es wurde nicht lange umgeschaut, sondern kurzerhand sechs große rote Kugeln und sechs kleine rote Kugeln gekauft. Marie war der Meinung, dass es zu wenige sind, doch ihr lieber Mann Anton meinte, das reiche fürs erste Jahr. Eine Packung Goldlametta genehmigte er noch. Nun fehlten noch die Kerzen. Maries Traum wären echte Wachskerzen gewesen. Doch Anton war der Meinung, das sei viel zu gefährlich. Für ihn kam nur elektrische Beleuchtung in Frage. Ein Mann, ein Wort! So kauften sie noch eine Lichterkette dazu. Einen Christbaumständer brauchten sie nicht zu besorgen, den schenkte ihnen Antons Mutter.

Doch nur zwölf Kugeln für den großen Baum erschienen Marie einfach zu wenig. Auf die Schnelle bastelte sie noch einige Strohsterne. Als der Christbaum am Heiligen Abend fertig geschmückt war, freuten sich Marie und Anton an ihrem schönen Weihnachtsbaum. Zwar meinte Marie, ein paar Christbaumkugeln hätte der Baum noch vertragen. Doch sie erinnerte sich an den Spruch: Weniger kann auch mehr sein.

So feierten Marie und Anton ihren ersten gemeinsamen Heiligen Abend alleine zu Hause. Kurz davor war noch die Rede davon gewesen, ob doch noch jeder bei seiner Familie feiern sollte. Aber sie waren sich dann einig, in ihrem trauten schönen Heim beim wunderbaren Christbaum alleine zu feiern.

Um das Essen brauchte Marie sich keine Gedanken zu machen. Von Anfang an war klar, dass sie ihrem lieben Mann das traditionelle Lieblingsmenü am Heiligabend servierte: nackte gebratene Bratwürste mit Kartoffelsalat, grünem Salat, einer guten Soße und einem Knauzenwecken.

Als praktisch veranlagte Menschen waren Marie und Anton sich auch darüber einig, dass es keine Überraschungsgeschenke geben würde. Anton brauchte unbedingt warme Winterstiefel und Marie schwärmte für eine Pelzmütze. So machten sie sich kurz vor Weihnachten auf den Weg und kauften die gewünschten Geschenke. Marie verpackte sie und legte sie wie in vergangenen Zeiten unter den Christbaum.

Der vierundzwanzigste Dezember war für Marie ganz anders, als sie es gewohnt war. Es war viel zu ruhig! In ihrem Elternhaus war an diesem Tag eigentlich nur Hektik. Ihr Vater holte den Christbaum erst am Heiligabend.

Für Marie und Anton war der Plan für den Weihnachtsabend längst gemacht. Der wunderbare, mit roten Kugeln, goldenem Lametta und den Strohsternen geschmückte und beleuchtete Christbaum strahlte im festlichen Glanz. Die schönen Weihnachtslieder aus dem Radio brachten Marie und Anton so richtig in Festtagsstimmung. Marie servierte mit Freude das Heiligabendmenü. Die beiden fühlten sich richtig glücklich und waren froh, dass sie die Entscheidung getroffen hatten, den ersten Heiligen Abend alleine zu feiern.

Nach dem guten Abendessen ging es zum besinnlichen Teil. Denn für Marie war es sehr wichtig, dass der Sinn vom Heiligabend nicht verlorenging. Sie wollte, dass die Tradition von daheim in ihrem Hause weiterlebte.

So las sie das Weihnachtsevangelium, sie betete für die verstorbenen Angehörigen ein Vaterunser. Zum Schluss sangen Marie und Anton noch die alten bekannten Weihnachtslieder. Dazu gehörten „Ihr Kinderlein kommet“, „Zu Betlehem geboren“, „Süßer die Glocken nie klingen“ – und auch das wunderschöne Lied „Stille Nacht“ durfte nicht fehlen. Marie hätte gerne noch mehr gesungen, doch ihr lieber Anton meinte, jetzt reiche es.

So kam zum Schluss noch die Bescherung. Sie mussten beide herzhaft lachen, als sie sich gegenseitig die Geschenke reichten. Obwohl jeder wusste, was in dem Geschenk verborgen war, fühlten sich beide reichlich beschenkt. Sie umarmten sich und freuten sich wie die kleinen Kinder.

Anton zog sofort die schönen warmen Stiefel an, Marie zog die Pelzmütze auf, so gab es eine kleine Modenschau im Wohnzimmer.

Die Zeit schritt voran. Wie ausgemacht, sollte die Christmette um zehn Uhr abends die Krönung ihres ersten gemeinsamen Heiligabends sein. Marie freute sich sehr darauf. Für sie gehörte die Christmette an diesem Abend dazu. Doch sie wusste, dass Anton kein begeisterter Kirchgänger war.

Voller Freude zog Marie ihre neue Pelzmütze an und Anton die neuen Stiefel. So marschierten die beiden glücklich und zufrieden

Hand in Hand durch die kalte Winterluft zur Christmette. Marie konnte es kaum erwarten. Vor allem freute sie sich darauf, dass am Schluss der Messe das Lied „Stille Nacht“ mit dem mächtigen Klang der Orgel gesungen wurde. Es war ein unbeschreibliches Gefühl, wenn in der Kirche am Heiligen Abend bei diesem Lied nur die Lichter der Christbäume und der Kerzen am Altar leuchteten. Für Marie war das jedes Mal so emotional, dass ihr in jedem Jahr wieder die Tränen übers Gesicht rollten.

Doch an diesem ersten Heiligen Abend ihrer Ehe kam es nicht soweit.

Auf halber Strecke zur Kirche äußerte Marie den Wunsch, dass Anton nicht auf die Empore gehen, sondern mit ihr auf der Kirchenbank sitzen sollte. Nach diesem schönen Abend hatte sie das Bedürfnis, mit ihrem Anton auf Tuchfühlung zu sein und wollte deshalb auch während der Christmette mit ihm zusammen sein. Doch Anton wehrte sich vehement dagegen. Gott sei Dank war sonst niemand auf dem Weg. Plötzlich hatte das junge Paar nämlich eine heftige Auseinandersetzung. Es kam dann soweit, dass Anton umkehrte und Marie unter Tränen alleine zur Kirche ging. Sie war aufgewühlt und weinte bitterlich. Am liebsten hätte sie ihre Pelzmütze ins Gebüsch geworfen!

Und so wurde es für Marie ihre bisher schlimmste Christmette. Selbst das von ihr so geliebte Lied „Stille Nacht“ konnte sie nicht aus ihrer Traurigkeit und Verzweiflung retten. Sie kam sich vor wie ein kleines Kind, wie das Jesuskind in der Krippe: hilflos und verlassen.

Und auf dem Heimweg von der Christmette kam Marie der Gedanke, dass auch am Fest der Liebe bei einem jungvermählten Paar die Ehe wohl kein Wunschkonzert war.

Pappenheimer oder: Ein Weihnachtsmuffel packt aus

8 Minuten

Susanne Rauchhaus

Eine heitere Geschichte, die uns mit einem Augenzwinkern am Zauber der Adventszeit teilhaben lässt.

Weihnachten war mir immer ein Graus. Hätte man diese sentimentale Zeit nicht einfach ausfallen lassen können und sinnvoller nutzen? So dachte ich jahrelang – bis zu diesem Erlebnis letzten Dezember. Wie immer hatte ich allen gesagt, dass sie von Weihnachtsgeschenken bitte Abstand nehmen mögen und dass sie von mir auch keine bekommen würden. Was sollte das bringen? Umso mehr wurmte es mich jedes Jahr, dass ich um einige Geschenke dennoch nicht herumkam: Geschenke für die Geschäftspartner meiner Firma, als Dank für die gute Zusammenarbeit. Und sei es eine aus Verzweiflung gekaufte Scheußlichkeit.

Als ich mich an jenem Vorweihnachtstag ins Gewühl der Innenstadt stürzte, musste ich feststellen, dass ich den falschen Weg gewählt hatte – quer über den Weihnachtsmarkt! Der grell geschminkte Schrecken meiner schlimmsten Albträume! Und mitten im größten Geschiebe fragte ich mich, ob diese Leute eigentlich alle keinen Job hatten. Standen einfach so an einem

Wochentag herum, bestaunten die Stände, lachten mit Freunden, in der Hand ein Glas Glühwein. Hatten all diese Menschen nichts zu tun?

Kopfschüttelnd hastete ich an ihnen vorbei, als ich plötzlich eine Stimme hinter mir hörte: „Frau Meissner!"

Ich drehte mich um und erkannte an einem der Stehtische meine Nachbarin, die mir glückstrahlend zuwinkte. Neben ihr auf dem Boden standen prall gefüllte Tüten, und obenauf lag ein seltsamer grüner Karton mit der Aufschrift „WIW".

„Wollen Sie nicht auch einen Glühwein trinken?"

„Nein, danke, ich habe keine Zeit. Und Sie warten doch sicher auf jemanden?"

Sie lächelte, nippte an ihrer Tasse und atmete tief durch.

„Nein, ich stehe nur hier und genieße die schöne Adventszeit! Ist es nicht herrlich hier, mit der Musik und all den Düften?"

Das Gebimmel und die aufdringlichen Gerüche machten ihr also Spaß. Jetzt wusste ich endlich, wie diese Frau ihren Tag verbrachte!

In einem Papierwarenladen entschied ich mich schnell für eine silberfarbene Visitenkartendose, von der ich zwanzig Stück verlangte. Die Verkäuferin warf einen verzweifelten Blick auf die Schlange hinter mir, rannte dann aber pflichtschuldig ins Lager. Währenddessen beobachtete ich die Kundin, die vor mir bezahlt hatte. Sie ging gerade zur Tür. Ihre Einkaufstüten hatte sie an der Kasse stehen gelassen. Widerwillig rief ich hinter ihr her. Dabei entdeckte ich in der vordersten Tüte einen hübschen Karton aus grüner Wellpappe, in die die Aufschrift „WIW" eingestanzt war. Die Frau lachte mir fröhlich entgegen.

„Kennen Sie das, wenn man so gute Laune hat, dass man ständig etwas vergisst?"

Ich schüttelte missbilligend den Kopf.

„Nein, eigentlich nicht!"

Es entsprach nicht meinen Gewohnheiten, einfach zum Vergnügen in die Stadt zu gehen, wie andere das oft tun. Deshalb war es inzwischen auch dringend Zeit für ein neues Paar Schuhe geworden. Nicht aus Spaß am Shoppen, sondern aus der Notwendigkeit heraus. Als ich mich zum Anprobieren setzte, fiel mein Blick auf die Einkaufstüten der Frau neben mir. Darin war – natürlich – schon wieder ein grüner Karton! Was steckte nur dahinter? Gruppenzwang? Was waren das für Menschen, was hatten sie gemeinsam?

Dann erst sah ich an der Frau hoch und erkannte sie: Es war die Frau, die meinen Mann geheiratet hatte – meinen Ex! Wie immer sah Manuela-Maus jung und attraktiv aus, als sie versuchte, in die zierlichen Stiefelchen zu schlüpfen. Geradezu zum Reinbeißen!

„Hallo Ellen! Schön, dass wir uns mal treffen! Wollen wir nicht nachher einen Glühwein trinken gehen?", rief sie, als sie mich erkannte.

„Nachher? Was kommt denn vorher?", rutschte es mir heraus – und ich suchte mir einen Stuhl am anderen Ende des Ladens. Als ich ging, war sie schon verschwunden. Samt ihrem seltsamen Karton ...

Mein Gott, selbst diese dumme Nuss hatte einen! Die Neugier fraß mich beinahe auf. Wo zum Teufel gab es diese Pappdinger? Und was bedeutete „WIW"?

Den Firmennamen hatte ich noch nie gehört. Seltsam fand ich auch die Form und Größe der Kartons, denn die variierte und ließ absolut keinen Schluss auf den Inhalt zu.

Schon etwas auffällig starrte ich in der Fußgängerzone jetzt jedem in die Taschen. Meine Güte, das war ja eine Epidemie! Das mussten Hunderte sein! Und diese Kartonträger sahen ganz normal aus! Sie schlenderten quietschzufrieden durch die Stadt und strahlten eine widerliche, geradezu verdächtige Glückseligkeit aus. Konnte es sein? Standen alle unter Drogen? War es vielleicht eine Sekte? Gezielte Verdummung der Bevölkerung?

Als mir wie zum Hohn auch noch ein grinsender Weihnachtsmann mit einem solchen Karton entgegenkam, hielt ich ihn an und fragte: „Können Sie mir sagen, wo es die Dinger gibt?"

Der Mann hielt fragend den Karton hoch und strahlte mich an. Dann zeigte er auf einen Laden, den ich hier noch nie gesehen hatte. Über dem Eingang hingen drei große, grüne Buchstaben: WIW.

Ich zögerte. Würden die anderen sofort erkennen, dass ich nicht dazu gehörte? Meine innere Stimme warnte mich, dass ich den Laden nicht als die wieder verlassen würde, die ich war.

Möglichst unauffällig schlenderte ich an endlos langen Regalen entlang. An absolut leeren Regalen! Menschen drängten sich davor, starrten ins Nichts, überlegten eine Weile und gingen dann zur Kasse. Dort tuschelten sie kurz mit dem Verkäufer und bekamen einen grünen Karton, jeder in einer anderen Form und Größe.

Eine unerklärliche Neugier und Vorfreude überkam mich, als ich mich in die Schlange stellte. Aber obwohl ich angestrengt lauschte, konnte ich nicht hören, was die anderen Kunden mit dem Verkäufer besprachen. Als ich an der Reihe war, fragte ich ganz direkt: „Was verkaufen Sie eigentlich?"

Aber er war nicht überrascht, sondern lächelte mich freundlich an.

„Was Sie wollen!"

Ich schüttelte langsam den Kopf.

„Nein, ich meine, welche Art von Produkten? Kleidung? Lebensmittel? Spielwaren?“

Er lächelte wieder.

„Was Sie wollen!“

Gerade wollte ich mich über dieses total begriffsstutzige Personal aufregen ... – als mir die Erkenntnis wie Glühwein durch die Adern schoss.

„Was ich will?“

Er nickte freundlich.

„Was Sie wollen!“

Eine halbe Stunde später stand ich auf dem Weihnachtsmarkt, beobachtete fasziniert die vorbeiziehenden Menschen und atmete die Gerüche dieser herrlichen Zeit tief ein: Gebrannte Mandeln, Tannengrün und Glühwein. Lächelnd betrachtete ich den Mann an meiner Seite. Es war der Weihnachtsmann, den ich vorhin – in meinem vorigen Leben – nach dem Laden gefragt hatte.

Natürlich hatte ich nicht damit gerechnet, dass er vor der Eingangstür auf mich warten würde. Er hatte inzwischen den weißen Bart und die Mütze abgenommen. Und erst danach war mir aufgefallen, dass er ein tolles Lächeln hatte, bei dem sich ein Grübchen in seinem Kinn bildete. Und warum hatte ich diese geheimnisvoll funkelnden Augen nicht sofort bemerkt?

„Haben Sie gefunden, was Sie suchen?“, hatte er gefragt und mich dann auf den Weihnachtsmarkt eingeladen. Inzwischen waren wir beim zweiten Glühwein, dem ersten Bratapfel und beim Du. Zu meinen Füßen standen meine Einkaufstüten, und aus der vordersten strahlte mich mein grüner Wellpappkarton an. Ich musste mich einfach bücken und mit dem Finger über die eingestanzte Schrift fahren:

„WIW“ – „Was ich will“.

Nikolausabend

8 Minuten

HILDEGARD KUSSAUER

Jede Familiengeschichte hat ihre eigene Zeit, um erzählt zu werden. Und manche Erinnerungen wachsen ganz behutsam mit der kleinen Enkelin mit.

„Oma, als du noch nicht so alt warst und ein Kind gewesen bist, ist da zu dir auch der Weihnachtsmann gekommen?" Das fragte mich meine Enkelin, als wir zusammen Weihnachtsplätzchen buken, die „Bretla", wie das Gebäck hier in Oberschwaben und dem württembergischen Allgäu genannt wird.

„Nicht der Weihnachtsmann in seinem roten Anzug, der roten Zipfelmütze mit dem weißen Pelzrand kam zu uns", antwortete ich, „sondern der heilige Nikolaus besuchte unsere Familie. Er war gekleidet wie ein Bischof, weil der heilige Nikolaus ja ein Bischof war, mit weißem Gewand, einem schön bestickten Umhang und der Mitra. So sagt man zu der Bischofsmütze. Außerdem hatte er einen Hirtenstab und eine goldene Kette mit einem Kreuz. Und natürlich einen langen weißen Bart. Er trug weiße Handschuhe und am Ringfinger glänzte ein großer, schöner Bischofsring. Das dicke rote Buch mit dem goldenen Rand hielt er geschützt unter seinem Mantel fest. In diesem Buch stand alles, was wir Kinder im Laufe des vergangenen Jahres Gutes getan und nicht so Gutes angestellt hatten.

Seinen Begleiter, den Knecht Ruprecht, hörte man schon von weitem. Er schwang eine große Glocke mit der Hand kräftig hin und her, damit jeder gleich hörte, dass der heilige Nikolaus unterwegs ist. Das Gesicht vom Knecht Ruprecht war rußig und schmutzig, seine Kleidung aus dem gleichen Stoff genäht wie die Kartoffelsäcke, dem ‚Rupfen'. Und so roch er auch. Er trug einen dunklen, langen zotteligen Bart und er gab nur mürrische raue Laute von sich. Aus dem großen Sack, den er mitschleppte, schaute gefährlich eine Rute hervor. Im Sack hatte er aber auch Äpfel, Walnüsse, Orangen, Mandarinen, Lebkuchen und – wenn man Glück hatte – sogar eine Tafel Schokolade.

Auf ein Zeichen vom heiligen Nikolaus – das gab er, nachdem wir Kinder ein Gedicht, ein Gebet oder ein Lied vorgetragen hatten, – holte der Knecht Ruprecht die Leckereien aus dem Rupfensack und verteilte sie an uns Kinder. Zwar stand in dem Buch manchmal auch, dass meine Geschwister und ich nicht so brav gewesen waren, aber mit der Rute hat der Knecht Ruprecht nie zugeschlagen, nur ein bisschen murrend mit ihr gedroht."

Natürlich erzählte ich meiner Enkelin nichts von den wilden „Kloosamännern", die in meiner Kindheit am Vorabend des Nikolaustages die Straßen im Dorf unsicher machten.

Die jungen Burschen liebten es, sich an diesem Abend angsteinflößend zu verkleiden: mit Ketten, Fellen, Schellen und Kuhglocken. Mit Kuhschwänzen, Kuhhörnern und anderem Gehörn. Mit schaurigen Masken, Netzen, Stroh und Heubüscheln. Nicht fehlen durften dabei die Rupfensäcke, in die sie jeden und jede, die sich auf die Straße wagten, steckten. Mit Gejohle und Gebrüll schleppten sie ihre Beute dann meterweit und bearbeiteten sie dabei mit der Rute. Auch erzählte ich nichts von den Schauergeschichten, die meine Großeltern uns Kindern damals erzählten, damit wir uns an diesem Abend ja nicht aus dem Haus wagten.

Meine ältere Schwester traute sich trotzdem einmal an einem Nikolausabend vor die Tür. Und prompt wurde sie von einem der

Kloosamänner unter Gejohle, Geschelle und lautem Gebrüll der anderen Kloosen in den Rupfensack gesteckt und fortgeschleppt. Ich hatte damals große Angst um meine Schwester, zumal mir meine Tante kurz zuvor erzählt hatte, dass viele der Kloosen an diesem Abend extra über die Grenze von der Schweiz rüberkommen, um sich hier austoben zu können. Wurde meine Schwester jetzt in die Schweiz verschleppt? Bis in die Schweiz kam sie nicht, nur ein paar Meter weiter. Die Aktion war mit meinen Eltern nämlich vorher abgesprochen gewesen: Der Kloosamann, der sie verschleppt hatte, war ihr Freund, den sie auch später heiratete. Doch woher hätte ich das wissen sollen? Lange noch hatte ich Angst vor den wilden Kloosen und ihrem lautem Geschelle.

Auch erzählte ich der Kleinen nichts davon, weshalb in unserer Familie das Gastspiel vom heiligen Nikolaus und seinem Knecht Ruprecht nur von kurzer Dauer war:

Wie heute noch üblich, meldete man in meiner Kindheit den Wunsch des Besuches vom Nikolaus im Pfarramt an.

Im Jahr 1958, als ich fünf Jahre alt war, übernahm ein junger Jura- und Theologiestudent aus dem Dorf die Rolle als Nikolaus. Er rügte mich sehr, weil ich so unartig gewesen sei und dem Arzt eine Ohrfeige gegeben haben soll, weil ich mich nicht impfen lassen wollte. „So ein schlimmes, unerzogenes Mädchen!“, so sagten damals der Arzt und nun auch noch der heilige Nikolaus mit einem vorwurfsvollen Blick zu meinen Eltern. Ob mein Vater da schon rotgesehen hat?

Meine Schwester, damals acht Jahre alt, sollte das große Glaubensbekenntnis aufsagen, und sie konnte es nicht. Wieder machte der heilige Nikolaus meinen Eltern Vorwürfe: Sie müssten ihre Kinder besser im Glauben unterweisen und auch besser erziehen!

Das war wohl zu viel für meinen Vater. Fast hätte er den Nikolaus mitsamt seinem Knecht Ruprecht im hohen Bogen aus dem Haus geworfen. Er ließ sich doch nicht von so einem dahergelaufenen Möchtegern-Theologen und unfertigen Jurastudenten sagen lassen, wie er seine Kinder zu erziehen hat!

Fortan stellten wir Kinder am Vorabend des Nikolaustages den Teller auf, in der Hoffnung, dass der Nikolaus in der Nacht etwas darauflegen würde. Schließlich hieß es doch in dem Nikolauslied: „Dann stell ich den Teller auf ...". Und das machten wir. Aber damals waren wir die einzige Familie im Dorf, die am Nikolausabend einen Teller aufgestellt hat. „Man merkt halt doch, dass der Vater ein Flüchtling ist", meinte eine Dorfbewohnerin. „Die tun an Weihnachten schon anders."

Auch diese Geschichte erzählte ich meiner kleinen Enkelin natürlich noch nicht. Vielleicht später, wenn sie alt genug dafür war. Jetzt aber summte ich die Melodie von „Dann stell ich den Teller auf" vor mich hin und meine Enkelin stimmte mit ihrer klaren Kinderstimme ein. „Das singen wir auch im Kindergarten", stellte sie erfreut fest.

Sie wünschte sich noch das Gedicht von dem Nikolaus, der da von draußen im Walde herkommt. Und ich war jetzt so froh, dass mein damaliger Lehrer bei seinen Schülern so großen Wert aufs Auswendiglernen und Vortragen von Gedichten gelegt hatte.

Die Kleine hörte mir mit großen Augen zu. „All überall auf den Tannenspitzen", plapperte sie mir nach, „sah ich goldene Lichtlein blitzen ...", und verzierte dabei ihr ausgestochenes Tannenbäumchen aus Teig mit einer goldenen Zuckerkugel.

Langersehnter Freund

8 Minuten

CELINA LINK

Ein lyrischer und experimenteller Text über den Winter der Seele und die weiße Zeit, die wir alle manchmal brauchen, um zu ruhen, zu vergessen und zu heilen.

Väterchen Frost ist über die Lande gezogen. Mit seinem weißen stolzen Ross. Im kristallenen Kutschwagen mit den klirrenden Glöckchen hat er gesessen und den Winter über meine Welt gebracht. So muss es heute Nacht passiert sein. Oder?

Ist es tatsächlich der erste Frost des Jahres, der die zarten Eisblumen über Nacht an mein Fenster wachsen ließ? Ist es die winterliche Kälte, die federleicht und unbemerkt über meine Schwelle getreten ist? Unbemerkt unter meinem Fenster hindurch geschlüpft ist und mich an meiner Nasenspitze gekitzelt hat? Ich gehe die ersten Stunden durch den von schweren, dicken, grauweißen, weichen Wolken verhangenen Tag. Gehe bis vor die Tür. Herrliche winterliche ungeheuer donnernde Schneestille empfängt mich liebevoll. Ihr Frieden klingt vorsichtig in mir nach.

Väterchen Frost ist heute Nacht bei Mondschein über die Lande gezogen. Ich sehe es an dem Dünengras, das sich unter dem Gewicht der Schneedecken beugt. Alles in mir füllt sich mit Winter. Er ist auf meiner Zunge lebendig. Ich spüre es an der schneidend kalten Luft. Ich höre es. Unter meinen Füßen knirscht und knackt es. Wunderbarer Zuckersand. Ich wandere dahin. So lang wie mein von Dampf sichtbarer Atem, so lang meine Schritte.

Ich sehe es an den tanzenden Wellen. Ihre Spitzen sind gefroren. Das gewaltige Schlagen erfüllt meinen Körper. Immer und immer wieder. Erfüllt mich, bis ich es geworden bin. Bis der Puls des Meeres mein Herz aufgefüllt hat. Die klirrende Kälte hat mich fest bei den Schultern gepackt. Sie krallt sich in meine Haut, bis sie taub ist. Tiefer, immer tiefer.

Vorsichtig atme ich ein und aus. Jetzt wohnt auch die beißende Kälte in mir, in meinen Lungen. Scharf wie ein Messer schneidet sie mich. Ich blicke übers weite Meer. Ruhig lausche ich dem tobenden Sturm. Er wirbelt die Schneeflocken um mich herum. Jedes Mal, wenn sie die schäumende Wasseroberfläche berühren schmelzen sie dahin. Einfach so. So als ob das Meer kochend heiß wäre. Gedankenverloren grabe ich meine Zehen immer tiefer in den Matsch. Zuerst kalt, dann meine Wärme trinkend. Und da! Da sind sie: schäumend, gurgelnd. Ich stehe knietief im Wasser. Tatsache: Das Wasser ist warm. Schon eigenartig, denke ich bei mir. Im Sommer kühlt es ab, im Winter hat es eine zaghafte Wärme innewohnen. Ich will mehr davon, kann nicht genug bekommen.

Möwen kreischen über mir. Mein Blick folgt ihnen hoch hinauf zu den dunkelgrauen Wolken, die eilig über das Himmelszelt jagen. Streift die mit Schnee verzierten Baumwipfel. Dort oben auf dem großen Felsvorsprung biegen sie sich im Schneegestöber. An den scharfkantigen Felsen hier unten scheinen die vom Sturm aufgepeitschten Wellen überhaupt nicht mehr mächtig und furchteinflößend. Sie brechen an ihnen wie Glas. An ihren Kanten zersplittern sie. Alles Tosen und Toben ist egal. Ich bin wie betäubt bei diesem Anblick. Der Sturm in mir scheint für einige Augenblicke stillzustehen. Einzig meine heißen Tränen spüre ich, wie sie langsam brennend über meine Wangen rinnen.

Meine Füße rutschen tiefer in den Matsch. Doch bevor mich eine riesige Welle an den Händen packen kann und ich in ihr bodenloses brodelndes Blau falle, reiße ich mich los. Taumele zurück, bis ich den kalten feuchten von Schnee berührten Sand wieder unter meinen Füßen spüre. Die Gischt streift mein Gesicht, der eisige Wind zieht an meinen Kleidern und Haaren. Schubst mich zurück Richtung Meer, das verzweifelt seine Arme nach mir ausstreckt. Aber ich bleibe wie gelähmt stehen. Lieber lasse ich mich auffüllen vom beständigen Rauschen des Meeres. So, dass wenigsten etwas Anderes in mir herrscht außer dieser alles mit sich reißende Sturm.

Ich glaube, meine Seele muss ausruhen. Denn ich bin es leid, mich gegen diese Wogen zu stemmen, die mich dennoch unter sich begraben werden. Die tief in mir hausen. Das, was noch bleibt, ist die Tatsache, dass ich nur noch von dort unten meinem Tosen zusehen kann, wenn die Wellen mich verschlungen haben.

Ich muss meine Seele also beruhigen, sonst verschlingt mich mein Schmerz. Dessen bin ich mir sicher. So, wie die Natur sich ausruhen muss. Ruhen, um im Frühjahr neu zu erblühen. Vielleicht wird es helfen. Vielleicht wird es helfen, wenn ich meine zerrissene Seele in dicke weiche Decken einschlage. Sie auf federgefüllte Kissen bette. Sie in heißer köstlich duftender Schokolade bade. Geschütz in warmen Pullovern. Sie mit Zimt und Plätzchenduft tröste. Bis sie müde vom stetigen Prasseln des Kaminfeuers und vom schweren Kerzenwachs gemischt mit Tannenduft wird.

Im warmen, trüben Licht werde ich den taumelnden Schneeflocken vor meinem Fenster zusehen. Vielleicht wird das alles helfen. Vielleicht wird meine zerrissene Seele dann in den ersehnten Winterschlaf fallen, sich ausruhen. Und vergessen:

Vergessen, nostalgisch an Weihnachtskarten zu denken, die mir ein Fest zeigen, das ich nie erlebt habe. Doch nach dem ich mich so erbittert sehne, als ob ich diesen Glanz schon einmal selbst gespürt hätte. Vielleicht habe ich das auch, wer weiß?

Vergessen, an die Frage zu denken, wann das Weihnachtsfest wieder so werden wird wie damals. Damals als Kind. Als es nichts Schöneres gab. Als die Aufregung mein Herz schier zum Zerspringen gebracht hat. Mein Lächeln, das meine Wangen ganz taub gemacht hat.

Vergessen, an den Kummer zu denken, als es vorbei war. Dieser Tag, an dem alles perfekt schien. Vergessen, dass dieser Tag wieder so perfekt wurde. Damals als ich dich getroffen habe und die Aufregung mir den Atem geraubt hat. Vergessen, an dein Strahlen zu denken, das ich nie wieder an dir gesehen habe. Wie flüchtig es war!

Vergessen, an deine Abwesenheit zu denken. Vergessen, an die dunklen herzlosen Nächte zu denken, in denen die Kälte die funkelnden Sterne und den Mond an den Himmel gefroren hat. Und ich uns verzweifelt in den hellen Zwischenräumen der Finsternis gesucht habe. Vergessen, an dich zu denken. Vergessen, dass es für dich ein Leichtes war uns aufzugeben. Vergessen, an den Schmerz zu denken, den du mir bereitet hast. Wie du mein Herz in zwei Stücke gerissen hast. Vergessen, an uns zu denken.

Ich möchte meinen Hass vergessen, denn er raubt all meine Erinnerung an dich, bis nur noch das Schlagen der Wellen zurückbleibt. Sind sie etwa schon verloren? Vergessen will ich. Bis du endlich unter all den Schneedecken verschwunden bist und mein Herz nicht mehr schmerzt. Bis der Schnee endlich meterhoch in meinem Herzen gefallen ist, in meinem Kopf.

Ich schließe die Augen. Endlich bist du da, lieber Winter. Langersehnter Freund, legst die Seele der Natur schlafen. Lass auch meine schlafen. Wie ich mich doch freue, dich zu sehen!

Wunder

5 Minuten

HELGA FRICKER

Eine leise, poetische Geschichte, die uns daran erinnert, dass die Welt ein wundervoller Ort sein kann.

Betty, die sechs Jahre alt ist, befürchtet schon, das Warten nicht mehr auszuhalten. Endlich, endlich ertönt doch noch das Glöckchen, das ihr und den Geschwistern erlaubt, ins Weihnachtszimmer zu gehen. Betty ist sich sicher, dass es das Christkind gibt, gesehen hat sie es noch nicht. Das ist verständlich, denn das Christkind beschenkt die Kinder auf der ganzen Welt; es hat keine Zeit, persönlich zu Bettys Familie zu kommen.

Aber an diesem Heiligen Abend ist alles anders. Im Weihnachtszimmer steht neben dem Weihnachtsbaum reglos eine weiße Gestalt mit Engelsflügeln – das Christkind. Betty erstarrt. Sie kann es beinahe nicht fassen, dass das Christkind ausgerechnet zu ihr gekommen ist!

Die Geschwister singen auf Anweisung des Vaters ein Weihnachtslied und Bettys Schwester trägt ein Gedicht vor. Dann – sie wissen nicht, wie – ist das Christkind schon wieder verschwunden. Der Vater geht mit den Kindern hinaus in die dunkle Winternacht, damit sie ihren Dank zum Himmel rufen können. Sie schaudern vor Kälte und Ergriffenheit.

Später fragt Bettys älterer Bruder seine Geschwister, ob sie gesehen haben, dass das Christkind dieselben Pantoffeln anhatte wie das Kindermädchen, das an diesem Abend frei hat. Was für eine wunderliche Beobachtung! Nein, niemand außer dem großen Bruder hat es gesehen.

Die Mutter sagt, der Bruder solle kein dummes Zeug reden. Betty fragt nichts, sie denkt lieber ans Christkind in seinem langen, weißen Kleid. Ein wunderbares Weihnachtsfest!

Zwanzig Jahre später

Betty studiert jetzt. Ihr Professor sagt, man dürfe den Wirklichkeitsbegriff nicht zu eng sehen. Auch Gedachtes und Gewünschtes und Gefühltes müsse zur Wirklichkeit gerechnet werden. Es handle sich dann um eine andere Realität. Die habe ebenso viel Bedeutung wie die äußere, die für alle sichtbar ist.

Betty hat einen Brieffreund. Er ist Belgier, genauer gesagt, Flame; er wohnt in Brüssel. Er spricht natürlich Französisch, was Betty nicht gut kann. Und flämisch, was dem Deutschen etwas ähnlicher ist. Sie haben sich auf einer Reise kennengelernt und sich sofort verliebt. Jetzt schreiben sie sich Briefe, in denen er sie „meine Prinzessin“ nennt, sie ihn „mein Prinz“. Sich zu schreiben ist noch besser als sich nahe zu sein. Sie erzählen einander von Träumen und von Dingen, die andere gar nicht sehen: vom Fluss, der durch den Park fließt. Auf ihm lässt Betty sich bis nach Brüssel und bis ans Meer treiben. Prinz und Prinzessin leben in einer Welt, in der alles möglich ist.

Betty hat einen Plan

Auf dem Weg nach London – sie muss aus einem anderen Grund in diese Stadt – will sie in Brüssel aus dem Zug steigen. Kann sie den geliebten Freund treffen? Seine Adresse kennt sie vom Briefeschreiben.

Ohne jemandem davon etwas zu sagen, verlässt Betty den Zug.

In der großen fremden Stadt übernachtet sie in der Nähe des Bahnhofs. Am nächsten Morgen kauft sie sich einen Stadtplan und geht lange durch unbekannte Straßen. Der Schlag einer Glocke erschreckt sie und manches andere auch. Sie wandert aber weiter, kann es fast nicht mehr erwarten, an ihr Ziel zu kommen.

Dann endlich erreicht sie den großen Park, der in der Nähe des Hauses liegt, in dem der geliebte Freund, der Märchenprinz, wohnt. Erschöpft setzt sie sich auf eine Bank am Eingang des Parks. Hier wartet sie, bis ihr Märchenprinz kommt.

Er kommt, ohne dass ihm Betty den Tag genannt hat, an dem sie durch Brüssel fahren wird. Jetzt weiß sie, was wirklich zählt im Leben: das Wunder.

Auf der Suche nach dem perfekten Geschenk

13 Minuten

Natalie Heilemann

Eine Geschichte zum Mitfühlen und Lächeln: Manchmal muss man sich erst von seinem Perfektionismus verabschieden, um zu begreifen, was das Leben an wunderbaren Geschenken für uns bereithält.

Das hektische Treiben in der Innenstadt nimmt Fahrt auf. Überall sieht man Menschen, die ihre Köpfe in alle Richtungen drehen und die Ladenzeilen studieren. Die Wolken am Himmel lassen ein wenig Platz für zarte Sonnenstrahlen, die sich ihren Weg durch die Baumkronen inmitten der bunt geschmückten Fußgängerzone bahnen. Anna und Christiane bewundern die großen Christbaumkugeln, die glitzernden Schneekristalle und Sterne mit langen Schweifen, die hell erleuchtet sind.

Die Freundinnen sind unter der Woche als Führungskräfte in einer bekannten Managementfirma tätig und zeitlich sehr eingespannt. Doch diesen Samstag haben sie für die Geschenkejagd eingeplant. Auf der Suche nach dem besten Präsent für ihre Partner verlieren sie die Zeit aus den Augen, lassen sich treiben und gehen beinahe in jedes Geschäft.

Zum Weihnachtsfest sucht Anna das perfekte Geschenk für Marc, doch ihr läuft die Zeit davon. Marc wünscht sich schon sehr lange ein solches Hemd, wie es hier ausgestellt ist. Allerdings wäre er viel zu geizig, um das Hemd für sich selbst zu erstehen. Anna denkt sich, dass sie mit diesem Geschenk sicherlich richtig gut ankommt an Weihnachten. Auch ihre Freundin Christiane wird ihrerseits fündig für ihren Sebastian. Nach monatelanger Fernbeziehung lebt sie mit ihm seit ein paar Wochen nun endlich in dieser Stadt zusammen. Jetzt hat sie für ihn ein modisches Polo-Shirt eines jungen, amerikanischen Designers im Schaufenster erblickt. Aber nach kurzem Überlegen beschließen sie weiterzusuchen.

Inzwischen wechseln sich die zarten Sonnenstrahlen mit leichtem Nieselregen ab. Ein kühler Wind zieht auf, weshalb sich Christiane ihren Wollschal weiter nach oben streift. Sie versucht mit Annas Schritttempo mitzuhalten. Noch immer nehmen sie jedes mögliche Geschenk in die Hände und können sich einfach nicht entscheiden. Ist jetzt das perfekte Geschenk schon dabei oder kommt eventuell noch ein besseres?

Warum sind wir überhaupt in die Stadt gelaufen, fragt sich Christiane. Online gibt es doch bestimmt günstigere Angebote. Hätten wir nicht einfach von zu Hause aus einkaufen können?

Sie ist in ihren Gedanken versunken und bemerkt nicht, dass Anna ihr gut drei Meter voraus ist. Als sie ihre Freundin am Eingang des nächsten Shoppingparadieses erblickt, geht sie zügiger voran. Wegen des stärker werdenden Nieselregens denkt Christiane an ihren lila Regenschirm, der zu Hause auf ihrer Sitzbank liegt. Da nützt er ihr doch nichts, wenn es jetzt richtig zu regnen beginnt. Innerlich verurteilt sie sich für diesen Fauxpas.

Mittlerweile ist Anna wieder bei ihrer Freundin angelangt, die meilenweit hinter ihr zurückgeblieben war und in Gedanken versunken scheint. Anna denkt nicht daran, eine Pause einzulegen. Sie muss ja noch die Präsentation vorbereiten, die sie in der Konferenz am Mittwoch halten soll und die muss schließlich perfekt sein! Herr Brandt hat ihr eine Beförderung zugesagt, wenn sie den Vorstand von ihren Projektergebnissen überzeugt.

Anna wirft Christiane einen ungeduldigen Blick zu und zieht dabei die linke Augenbraue hoch, ein wortloses Signal, das ihre Freundin immer versteht. Inzwischen wird der Nieselregen stärker und Christiane nutzt ihre Handtasche als Kopfbedeckung. Anna hat ja sowas von recht, denkt sie bei sich. Wenn sie an der Bescherung ohne perfektes Geschenk bei Marc auftaucht, wird er sich nicht mehr für Anna interessieren. Sie hat so schon viel zu wenig Zeit für ihn. Wenn sie jetzt nichts Passendes findet, wird er nur enttäuscht sein und es Anna wieder wochenlang vorhalten. Er wird den ganzen Abend im Stillen schmollen und sie keines Blickes würdigen.

Die Stunden verrinnen und Anna treibt Christiane in alle erdenklichen Fachgeschäfte. Zwischenzeitlich geht ein Wolkenbruch über die Ladenzeilen hinweg. Vor dem Eingang des nächsten Warenhauses staut sich die Menschenmenge, die Schutz vor dem Regen sucht. Die hell leuchtenden Schweife der Sternschnuppen verkünden den Anbruch der Dunkelheit und glitzern in blau, gelb und rot.

Heute Morgen war Christiane sehr optimistisch, dass sie in angemessener Zeit das perfekte Geschenk für ihre Liebsten finden. Inzwischen hört sie nur noch das laute Knurren ihres Magens. Die Füße schmerzen hinten an der Fessel, weil sich die Haut an der Innenseite ihrer neuen Stiefel wundreibt. Ihr war nicht bewusst, dass Anna und sie so lange durch die Innenstadt laufen würden. Sonst hätte sie wohl lieber die bequemen anstelle der hübschen Schuhe gewählt. In ihren Schläfen spürt sie erste Anzeichen einer Migräne. Stimmt: Sie hat vergessen zu trinken. Ihre Wasserflasche ist noch unberührt und das Mittagessen haben sie einfach ausgelassen.

Auf der Suche nach ihrem Impfnachweis, den sie neuerdings aufgrund der Corona-Verordnungen vorzeigen muss, wühlt Christiane in ihrer durchnässten Handtasche. Ihr Smartphone ist nirgendwo zu finden. Von hinten drängeln bereits die ersten Ungeduldigen auf dem Weg zum Eingang, aber Christiane kann keinen Schritt mehr tun. Stattdessen steht sie nur noch wie angewurzelt da, zwei Meter entfernt von Anna. Erste Regentropfen fallen vom viel zu klein geratenen Vordach des Herrenmodegeschäfts und treffen Christiane unangenehm im Nacken. Während Anna ihr wieder diesen Blick mit hochgezogener Augenbraue zuwirft, sucht Christiane in ihrer Handtasche weiterhin nach dem Smartphone. „Wo ist das dumme Teil, wenn man es braucht?“, murmelt sie nervös vor sich hin. Hektisch durchwühlt sie ihre triefende Tasche. Nichts. Kein Handy. Kein Geldbeutel.

Noch immer kann sich Christiane nicht rühren, obwohl Anna sie bereits mit dieser nervig hohen Stimme ruft, die immer dann zum Vorschein kommt, wenn sie Geduld und jegliches Verständnis verliert. Doch Christianes Beine scheinen im repräsentativ gestalteten Eingangsbereich wie Wurzeln eingewachsen zu sein. Sie realisiert, dass ihr Smartphone nicht mehr auftauchen wird. Alle mühsam in der gestrigen Nachtschicht zusammengestellten Daten für das Meeting mit dem wichtigsten Kunden sind verloren. Nachdem Sebastian sie gestern mehrmals verärgert angerufen und gefragt hat, wo sie denn bleibe und wann sie denn gedenke nach Hause zu kommen, hat sie auf die übliche Sicherungskopie verzichtet. Wieso ist sie nur immer so nachlässig? Und wie soll sie das ihrem Chef erklären, der sich ganz auf sie verlässt? Es ist der absolute Albtraum! Ihre Schläfen pochen unerträglich und die Knie beginnen zu zittern. Die Sternschweife verschwimmen im Blaugrau des Himmels und alles beginnt sich zu drehen. Ein lautes Donnergrollen ertönt, während Christiane das Gefühl hat, nicht mehr atmen zu können. Ihre Stirn pocht und stechend gelbe Blitze zucken durch ihr Blickfeld. Dann ist auf einmal alles schwarz.

Als Christiane wieder zu sich kommt, schauen fremde, blaue Augen sie besorgt an. Auch Anna ist da und hält ihre Hände, die sie sanft mit ihren Daumen streichelt.

„Sie haben wohl heute noch nichts gegessen und getrunken", stellt der Mann mit den fremden blauen Augen vorwurfsvoll fest. „Wir bringen Sie jetzt zur Sicherheit in ein Krankenhaus."

Christiane ist immer noch verwirrt. Was ist passiert und wo ist sie, bitteschön?

Viele aneinandergereihte Worte werden mit monotoner Stimme im Hintergrund gesprochen. Christianes starrer Blick haftet an Annas kühlen Fingern. „Schön, dass du wieder wach bist!", freut sich Anna.

Die sonore, monotone Stimme im Radio verkündet die neuen Corona-Bestimmungen der Regierung. Nächste Woche werden die Geschäfte vorzeitig schließen und nur noch diejenigen für den täglichen Bedarf geöffnet bleiben. Christiane kann es nicht glauben. Wieso gibt ihr Körper nach, wenn sie doch fürs Weihnachtsfest noch immer keine passenden Geschenke haben?

„Wir müssen morgen zum verkaufsoffenen Sonntag fahren", sagt sie zu Anna. „Dann schaffen wir es noch, bevor alle Geschäfte schließen. Es ist nur ein kleiner Schwächeanfall. Ich bin morgen wieder fit. Bestimmt bekomme ich das Auto von Sebastian, mit dem wir in einer Stunde ..."

„Wir müssen gar nichts", unterbricht Anna Christianes Redeschwall mit ihrer ruhigen Stimme. Christiane liebt diesen Wesenszug an Anna, der ihr oftmals bei der stressigen Terminarbeit eine kurze Erleichterung verschafft. Aber jetzt ist sie doch nicht im Stress und benötigt nur das perfekte Geschenk.

Anna sieht Christiane tief in die Augen, als könnte sie ihre Gedanken lesen, und streichelt nur stumm und langsam ihre Hände. So viel Nähe hat die beiden schon seit langer Zeit nicht mehr verbunden. Christianes Atem verlangsamt sich und die innere Unruhe lässt ein wenig nach. Es fühlt sich eigentlich ganz gut an, dass Anna so gut wie nichts sagt und sie einfach nur berührt. Sie macht keine Anstalten, ein weiteres Treffen für morgen zu vereinbaren. Im Gegenteil: Anna ringt um Worte und kämpft mit ihren Emotionen. Das spürt Christiane ganz genau. So hat sie ihre Freundin schon sehr lange nicht mehr erlebt. In langsamen Kreisbewegungen streichelt Anna weiter ihre Hände und Christiane spürt jetzt eine Wärme, die ihren Körper beruhigt. Das fühlt sich wunderbar schön an und ihre Gedanken kreisen auf einmal nicht mehr länger. Ist es nicht das, worauf es ankommt, denkt sie.

In diesem Moment spricht Anna das aus, was Christiane innerlich bewegt: „Ich wünsche mir, dass du gesund bist und wir am Weihnachtsfest eine gute Zeit haben. Wir kochen zusammen, spielen, lachen, genießen ein köstliches Abendessen und singen."

In Christianes Ohren klingt das nach einem lang ersehnten Wunsch, den Anna ausspricht. Doch trotzdem bricht Christiane in Tränen aus. Sie kann nur an das enttäuschte Gesicht von Sebastian denken, wenn sie ohne ihr Geschenk am Weihnachtsbaum sitzen. Sebastian wird ihr sein einzigartiges Präsent überreichen und damit wiederum ihre gut bekannten Gewissensbisse an die Oberfläche spülen. Ihr leises Schluchzen wird zu einem lauten Weinen und ihr gesamter Körper beginnt wieder zu zittern.

Der Mann mit den fremden blauen Augen leitet sie an, im Hier und Jetzt zu sein. Beim Einatmen zählen sie gemeinsam auf eins, beim Ausatmen auf zwei, auf drei beim Einatmen, auf vier beim Ausatmen und auf fünf ... Christianes Körper beruhigt sich langsam und dadurch kommen auch ihre Gedanken zur Ruhe.

„Bis zum Weihnachtsfest ist auf Ihrer Vorhabenliste hoffentlich Ruhe", sagt der Mann. „Wir werden Sie für weitere Untersuchungen im Krankenhaus behalten."

Christiane spürt Annas warme Hände, die ihre kalten Finger umschließen und ist erleichtert, nicht allein zu sein. Das ist alles so gruselig und unverständlich. Als sich das Tempo des Krankenwagens verlangsamt, ist auch Christiane wieder in ihrem Körper angekommen. Sie spürt ihre schweren Glieder, die Schmerzen am Hinterkopf, an den Schläfen und im Kiefer.

Was für eine schreckliche Adventszeit, wenn sie jetzt im Krankenhaus einfach nur herumliegt. Wieder sieht sie die Enttäuschung in Sebastians Augen vor sich, wenn er nach dem Geschenk fragt. Wie soll sie ihm das nur erklären?

Als sie von einem anderen Mann mit fremden, braunen Augen aus dem Krankenwagen gefahren wird, sieht sie in ihrem Inneren plötzlich bekannte blaue Augen vor sich, die sie mitfühlend ansehen. Und sie hört wieder, was der Mann zu ihr sagte: „Gönnen Sie sich und Ihrem Körper Ruhe."

Annas warme Streicheleinheiten berühren sie weiterhin und ihr Atem wird ruhiger. Christiane wird es innerlich warm im Bereich ihres Brustkorbs, in dem ihr Herzschlag heftig pocht. Sie fühlt sich geborgen und beschützt. Wenn sie wieder entlassen ist, wird sie Anna am Weihnachtsabend eine lange Umarmung und Sebastian einen leidenschaftlichen Kuss geben. Sie ist nicht ihre Gedanken. Sie ist nicht allein. Sie liebt, lebt und genießt das künftig noch mehr als jemals zuvor. Sie ist angekommen.

Weihnachten mal ganz anders

18 Minuten

PETRA HAAS

Eine Reise in die Kindheit zeigt, dass sich Vergangenheit und Zukunft in der Weihnachtszeit die Hand reichen können.

„Mama, ich bin so müde, ich leg mich nur kurz hin, wirklich nur ganz kurz."

Die Weihnachtsvorbereitungen sind in vollem Gange, es herrscht geschäftiges Treiben.

„Willst du nicht doch noch die Teigschüssel auslecken?", fragt Mama, aber ich vernehme sie nur noch ganz dumpf, ganz weit weg. Mein Kopf ist wie in Watte gepackt.

„Mama, siehst du den Schmetterling auf der Sofalehne sitzen? Der macht sich aber gut, so orange, mit schwarzen Punkten, auf dem dunklen Blau. Du, der mag gar nicht weggehen, ganz beharrlich sitzt er da."

Ich würde so gerne noch zu Mama laufen und ihr den Schmetterling zeigen. Würde er überhaupt bleiben, bis ich wiederkomme? Wohl eher nicht. Außerdem wundere ich mich, denn Schmetterlinge gibt es doch nicht im Winter? Ich will meine Mutter rufen, aber es gelingt mir nicht. So laufe ich nur schwankend auf das Sofa zu, sehe meine rote Strumpfhose mit meinen Füßen in den gelben, flauschigen Bettsocken vor mir, mit den Bändeln und den weißen Bommeln dran. Wo hatte ich die nochmal herbekommen?

Ich fühle mich so traurig. Wie gerne würde ich mit Mama weiterbacken, wie gerne die Schüssel und den Rührbesen ablecken, fast so sauber, als wären sie gespült worden. Endlich hat Mama einmal Zeit, sonst ist sie so viel beim Arbeiten, weil Papa ja noch studiert – und dafür bekommt er leider kein Geld. Ja, wenn er erst mal fertig ist, dann wird er Geld bekommen, ja dann ...

Ich habe das Sofa endlich erreicht, nie ist es mir so weit vorgekommen. Endlich kann ich mich hinlegen. Das Canapé hat genau die gleiche Länge wie ich, wie cool ist das denn?

Neben mir rollt der Schmetterling sanft den Rüssel aus und wieder ein und schlägt mit den Flügeln. Ich befürchte, er macht sich zum Abflug bereit, dann kann ich ihn gar nicht mehr Mama zeigen. Sie wollte doch gleich kommen, um nach mir zu sehen, das hat sie gesagt. Hatte sie das nicht gesagt? Ich glaube ja.

Plötzlich fängt der Schmetterling an zu reden und er zieht etwas ganz Kleines von seinem Kopf. Es sieht aus wie ein Hut, wie in einer Sendung, die ich erst neulich im Fernsehen anschauen durfte.

„Hallo, du Kleine", sagt er. „Darf ich mich dir vorstellen? Ich bin Schmetti und möchte dir etwas Gesellschaft leisten, geht das in Ordnung für dich?"

Ich möchte antworten und ihm meinen Namen sagen, aber ich bin absolut sprachlos. Aber ich glaube, er weiß auch so, dass er willkommen ist.

In den vergangenen Tagen ist es mir gar nicht so gutgegangen. War ich trotzdem im Kindergarten? War ich trotzdem auf meinem Bauernhof? Eigentlich ist es der meiner Freundin. Aber ich bin dort die Chefin, muss man wissen, und das mit vier, also fast viereinhalb. Ich sehe so gut wie täglich nach meinen Kühen. Ich hab' sogar schon einmal zugesehen, wie eine davon ein Kälbchen bekommen hat. Eines Tages hatte der Bauer mit mir, meiner Freundin und der Kuh einen Ausflug auf einen anderen Bauernhof gemacht. Die Kuh wurde ausgeladen und in den Stall geführt, wir Kinder mussten im Auto warten. So genau verstanden wir nicht, was da vor sich ging, auf alle Fälle hat die Kuh ein paar Monate nach unserer Rückkehr ein Kälbchen bekommen. Damals gab es ja auch leider noch keinen Schmetti, der mir hätte alles erklären können.

Die Geburt war sehr kompliziert. Später bekam das Kälbchen ein Fläschchen, natürlich von mir. Auch nach den Eiern schaue ich täglich und bringe sie ins Haus. Meine Runde führt mich weiter zu den Schweinen und natürlich – am allerwichtigsten – zu den Katzenbabys oben im Stroh. Sie sind so süß, jedes hat eine andere Farbe und eine andere Art und alle wollen sie gezähmt werden. Von mir – ist ja sonnenklar. Meine Freundin hat oft so gar keine Lust auf den Hof, wie schade. Manchmal haben wir auch schon getauscht, sie war dann bei meiner Mama und ich habe für sie auf dem Hof geholfen.

Gerade im Winter gibt es auf dem Hof nicht so viel zu tun, da gehe ich mit meiner Freundin dann öfters mal zum Schlittenfahren. Leider ist es ein weiter Weg, wir müssen bis ins Oberdorf hochlaufen, alles mit dem Schlitten auf dem Rücken, wie so ein Rucksack, aber wir werden reich belohnt mit einem herrlichen Schlittenberg. Oder wir bauen einen tollen Schneemann im Innenhof des Bauernhofs ...

Da fällt mir ein: Habe ich heute überhaupt schon das Türchen an meinem Adventskalender geöffnet?

Ich weiß es nicht mehr. Wahrscheinlich war sowieso keine Schokolade mehr darin. Die Enkeltochter der Frau, die den Tante-Emma-Laden um die Ecke besitzt, hatte einige Adventskalender im Vorfeld leergefuttert. Die Tante hatte sie, geschäftstüchtig wie sie ist, trotzdem verkauft. Mama war mit dem halbleeren Kalender noch einmal hingegangen, aber diese Tante Emma (warum heißen die eigentlich alle so?) wollte von Umtausch nichts wissen. Sie hat doch glatt behauptet, ich wäre das selbst gewesen! Niemals. Ein absoluter Adventskalender-Albtraum. Ich fand es so toll und faszinierend, wenn die Schokoladenstücke in eine Form gegossen waren und dahinter ein Bildchen war. Jetzt war daraus ein Lotteriespiel geworden: Ist etwas hinter dem Türchen oder nicht?

Sanft gleite ich ins Traumland, nur kurz schlafen, dann bin ich wieder fit, dann kann ich wieder Kekse backen, Teig schlecken, nach den Tieren schauen, Adventskalender öffnen, Schlitten fahren ...

Aber es sollte alles anders kommen, ganz anders.

Warum ist mir plötzlich so kalt? So unendlich kalt? Ich habe das Gefühl, dass wir draußen auf der Straße stehen. Plötzlich bin ich auf dem Arm von meinem Papa und er schimpft ganz schrecklich mit einem Arzt. Irgendwie scheint er auch verzweifelt zu sein. „Ich kann das Kind doch nicht selber in die Klinik fahren", sagt er. „Bei diesem Wetter, mit meinem Auto, das dauert doch viel zu lange."

Lichter spiegeln sich in der nassen Straße oder ist sie etwa gefroren? Hatte ich nicht eine rote Strumpfhose an, als ich mich hingelegt habe? Nun ist sie plötzlich weiß und Schmetti ist auch nicht mehr da. Oder sitzt er da etwa auf der Lehne meines Kindersitzes in unserem VW Käfer? Es ist schon auffällig, so etwas Knalliges, Orangefarbenes in dem dunklen Auto. Also ist Schmetti doch mitgekommen, wie nett.

Bin ich nun mit dem VW Käfer oder mit dem Krankenwagen ins Krankenhaus gekommen? Was noch wesentlich wichtiger ist: Wo ist Schmetti mitgefahren? Und wo sind Mama und Papa?

Wenn Weihnachten ist, dann ist doch auch immer bald Silvester und dann kommt da immer ein neues Jahr und wie heißt dann das neue Jahr? Irgendwas mit einer sieben vorne dran.

Als ich wieder zu mir komme, ist alles dunkel, ganz schwarz. Langsam gewöhnen sich meine Augen an die Dunkelheit. Wo bin ich? Ich kann nicht selber aus meinem Bett aufstehen, so eine Frechheit! Überall sind Gitterstäbe, bin ich hier jetzt im Gefängnis gelandet? Ich wüsste nicht, dass ich so etwas Schlimmes angestellt haben soll, dass ich ins Gefängnis muss.

Ich beschließe, erst einmal so laut ich kann nach Mama und Papa zu schreien.

Die Tür geht auf. Aber ins Zimmer kommen nicht Mama oder Papa, sondern eine ziemlich ungehaltene Klosterschwester, die mich nun ihrerseits anbrüllt, ich solle meinen Mund halten und es würde schon gar nichts nützen, wenn ich so herumschrie.

Warum denn nicht, denke ich nur kurz.

„Mama, Papa, wo seid ihr denn? Mama! Ich will zu meiner Mama!“, schreie ich aus vollem Hals mit dem Mut der Verzweiflung.

„Die sind jetzt einfach nicht da und Schluss“, sagt energisch die Klosterschwester.

So ein Pech aber auch, dass heute ausgerechnet die Böse Dienst haben muss, das ist ja schlimmer als in meinem Kindergarten, da gibt es auch eine nette Klosterschwester und eine böse.

Das Ganze wiederholt sich noch mehrmals in dieser Nacht und immer wieder kommt die gemeine Klosterschwester herbei. Ich glaube, das ist die längste Nacht meines Lebens.

Zum Glück weicht Schmetti nicht von meiner Seite, sonst hätte ich das, glaube ich, alles nicht geschafft.

Mein Zimmer hat eine Glasfront. Schwarze Vögel sind aufgeklebt, damit die anderen Vögel draußen nicht versehentlich gegen die Scheibe knallen. Wie nett, die werden ja besser behandelt als ich!

Irgendwann stehen hinter dieser Glasscheibe Mama und Papa. Aber warum dürfen sie denn nicht zu mir? Und warum darf ich nicht aus diesem schrecklichen Gitterbett? Sie rufen mir etwas zu, aber ich verstehe kein Wort.

So vergehen die Tage, ich liege und hin und wieder stehen meine Eltern an der Glasscheibe und winken. Ich nehme alles wie durch einen Nebel wahr. Längst habe ich aufgehört zu schreien, nachdem ich von meiner „Lieblingsklosterschwester" oft genug gesagt bekommen habe, dass das sowieso nichts bringt. Sie ist wirklich ähnlich wie die Böse im Kindergarten, ich darf mir da nichts erlauben.

Als ich im Kindergarten einmal zusammen mit meiner besten Freundin beschlossen hatte, einfach mal ohne Grund loszuschreien, gab mir die Böse ruckzuck eine Backpfeife und ich musste stundenlang, bis der Kindi vorbei war, in der doofen Ecke bleiben. Nur der dicke Metzgerssohn, dessen Eltern wöchentlich die Schwester Oberin mit einer großen Wursttüte versorgen, der darf sich alles herausnehmen, wie gemein.

Wo ist eigentlich Fuchsi, meine rothaarige Puppe? Und mein heiß geliebter Schlummi? Diesen Hund aus der Sendung „Der große Preis" mit Wim Thoelke habe ich von meinem Opa bekommen. Seitdem ist Schlummi mein liebstes Stofftier. Aber keiner ist hier, keiner bis auf Schmetti. Es ist ein Wunder, dass der trotz allem herkommen durfte. Er ist so lieb und erklärt mir alles, einfach alles!

Ich finde ihn ja zum Teil etwas schulmeisterlich und altklug, aber er kann mir Dinge so erklären, dass ich sie verstehe.

Neulich sagte er zu mir: „Du bist krank, wirklich sehr, sehr krank. Deshalb dürfen deine Mama und dein Papa auch nicht zu dir kommen. Die Leute hier in der Klinik sind ziemlich überfordert mit dir, darum haben sie dich jetzt erst einmal isoliert. Irgendwelche Keime haben sich in deinem süßen kleinen Köpfchen festgesetzt und die müssen da dringend wieder raus, sonst bist du nicht mehr die alte."

„Woher weißt du das alles, Schmetti?", hauche ich ehrfurchtsvoll. „Und wie kommt es, dass du zu mir reindarfst und keiner dich sieht?"

„Ich kann problemlos hin und her wechseln. Zukunft, Vergangenheit ... alles meins."

„Jetzt echt?", staune ich mit offenem Mund.

„Jetzt echt!", bestätigt Schmetti und rollt wichtig seinen Rüssel aus und ein. „Die erwachsene Frau, die du in vierzig Jahren einmal sein wirst, hat mich zu dir geschickt, damit du dich nicht so einsam fühlst und keine Angst mehr hast. Sie lässt dich ganz feste drücken und schickt dir all ihre Liebe.

„Und was noch?", quengle ich ungeduldig. „Was hat sie noch gesagt?"

„Sie sagt, du sollst ganz fest daran glauben, dass alles gut wird!"

Mit Schmettis Hilfe kann ich die folgenden schrecklichen Tage im Krankenhaus überstehen. Dann werde ich in ein anderes Krankenhaus gebracht. Dort bin ich zwar nicht mehr allein und isoliert, sie sind auch spezialisiert auf meine Krankheit, aber dafür sind meine Eltern jetzt anstatt einer halben Autostunde drei Autostunden von mir entfernt. Meine liebste Freundin, die die gleiche Krankheit hat wie ich, wurde zu mir ins Zimmer verlegt. Ist das nicht toll? Sie hat es nicht so schlimm erwischt wie mich, zum Glück. Und zu meiner Erleichterung gibt es hier keine Ordensschwestern, dafür aber einen ganz lieben Arzt, der neben mir auch Fuchsi mitbehandelt. Auch Schmetti ist hin und wieder mit von der Partie, aber ich glaube, nur ich kann ihn sehen. Ich habe den lieben Doktor und auch meine Freundin mal nach ihm gefragt, aber Fehlanzeige.

Hey, zu Weihnachten darf ich für ein paar Tage nach Hause!

Ich freue mich so, aber ich glaube, die Autofahrt wird beschwerlich. Und dann muss ich auch nochmal zurück und das ganz ohne meine Freundin. Die darf dann nämlich schon wieder zu Hause bleiben, doch sie war ja auch anscheinend nicht ganz so krank wie ich. Aber ich hoffe einfach inständig, dass mein treuer Gefährte Schmetti an meiner Seite bleibt.

Vierzig Jahre später ...

„Was ist denn hier los?", frage ich mich schon seit Tagen.

Jeden Abend wische ich sorgfältig meine Ceranheizplatten blitzblank und jeden Morgen ist wieder so eine komische orangefarbene Brühe darauf.

Ich weiß wirklich nicht, wo die Flüssigkeit herkommt. Irgendwann fällt mein Verdacht auf unseren diesjährigen Weihnachtsbaum. Es ist traditionell ein ganz kleiner, schließlich muss das Tännchen jedes Jahr auf meine Theke passen, die befindet sich rechts von meinem Ceranheizfeld und ist überdacht. Aber wie kann so ein kleiner Baum so viel Schmutz machen?

Auf alle Fälle hatte ich jedes Jahr einen Weihnachtsbaum, selbst als ich noch Single war und die Wohnung nur halb so groß wie heute. Mittlerweile hat sich die Wohnung vergrößert, die Familie auch, nur der Tannenbaum hat seine Größe beibehalten. Höher als ein Meter darf er für seinen Standort nicht sein und seine Äste reichen meist über mein Kochfeld. Manchmal fallen Nadeln auf den Herd, aber so etwas wie heute habe ich noch nicht erlebt.

Ich bin einfach ratlos.

Die ganze Woche geht dieses Spielchen nun schon so. Abends wische ich die Flüssigkeit weg, morgens ist sie wieder da. Ich schaue zum Baum und sehe dort gar nichts Ungewöhnliches, wirklich nicht.

Heute ist Samstag und da ist plötzlich etwas Orangefarbenes im Baum. Das haben wir nicht dahin gehängt, das wüsste ich. So einen Baumschmuck besitze ich gar nicht und außerdem fällt die Deko in Richtung Küche sowieso immer etwas kärglicher aus. Bei genauem Hinsehen fällt mir auf, dass diese Dekoration lebendig ist und sich schon auf den Weg gemacht hat, um durch die Wohnung zu fliegen. Wie süß! Alle sind ganz aufgeregt: ein Schmetterling, mitten im Winter! Wo ist er hergekommen? Wie hat denn das jetzt funktioniert?

Als ich den Baum genauer untersuche, finde ich eine verlassene Schmetterlingspuppe. Da hatte sich doch tatsächlich eine Raupe an unserem Weihnachtsbaum verpuppt. Und durch die Wärme in meiner Küche meinte er nun, der Frühling hätte schon begonnen. Der Arme. Was machen wir denn jetzt mit ihm? Er fliegt wie wild durch meine Zimmerpflanzen. Leider ist da absolut nichts Blühendes für ihn dabei. Er ist so wunderschön, orange mit schwarzen Punkten.

Erst haben wir die Idee, ihn nach draußen zu entlassen, doch kaum sitzt er an der Wand des Balkons, schreien meine Kinder schon: „Mama, da erfriert er doch."

„Braucht er denn nicht seine Freiheit?", gebe ich zu bedenken.

„Jetzt im Winter verhungert er hier draußen, da blüht doch nichts", werfen die Mädchen besorgt ein.

Gesagt, getan! Wir gehen wieder auf den Balkon, fangen den Süßen ein und holen ihn ins Haus – ganz vorsichtig, um seine Flügel nicht zu verletzen.

Das nächste Problem sind unsere Katzen, sie gehen sehr gerne auf Insektenjagd.

Was ißt denn so ein Schmetterling, wenn er keine blühenden Pflanzen hat, fragen wir uns alle. Unser Schmetti (die ganze Familie ist sich gleich einig, dass er so heißen soll), bekommt ein Tellerchen mit Zuckerwasser und Apfelschnitzen, das hatten wir mal bei einem Ausflug auf die Insel Mainau im dortigen Schmetterlingshaus gesehen. Schmetti ist begeistert von seinem Menü.

Jetzt müssen wir nur noch täglich daran denken, das Tellerchen mit Apfel und Zuckerwasser auf die erhöhte Gefrier- und Kühlkombination zu stellen, bevor wir das Haus verlassen. Dort oben können unsere Katzen Schmetti bei seiner Mahlzeit nicht gefährlich werden.

Schmetti hatte ein fürstliches Leben bei uns und hat fast vier Wochen überlebt.

Nach seinem Tod habe ich ihn in Gedanken zu dem Mädchen geschickt, das ich einmal war, damit es nicht mehr so allein im Krankenhaus liegen muss. Schließlich war ja bald Weihnachten und Schmetti sollte ihr Gesellschaft leisten, ihr alles erklären und ihr ausrichten, dass irgendwann alles gut wird.

Eine Wahrheit zum Dessert

22 Minuten

Christa Konrad

Eine Familiengeschichte mit ernsten Untertönen, die uns vor Augen führt: Weihnachten kann (und muss manchmal auch) die Zeit für Wahrheiten und klare Worte sein.

Ich saß in unserer Küche, strich die roten Weihnachtssterne auf der bestickten Tischdecke nach und überlegte. Wie jedes Jahr würde sich wieder die Bagage bei uns im elterlichen Haus einfinden. Wenn nur dieses Mal nicht das Dilemma mit Emma wäre, dachte ich bei mir. Wie sollte das gehen, wenn unsere Haushündin Coco einen ausgeprägten Jagdinstinkt hatte? Alles, was flatterte und gackerte, war ein herrliches Objekt für sie. Für Oma Thildas Huhn Emma sah ich dunkle Wolken an unserem Weihnachtshimmel aufziehen. Mein Bruder Carlos hätte mir jetzt vermutlich geraten: „Schwesterlein, mach dir einen griechischen Kaffee, stark und süß, dazu einen Cognac, nimm von beidem einen Schluck, dann lehn dich zurück, überlege, oder diskutiere es mit jemandem."

Ich ging hoch zu Tante Fine, die erst vor einigen Tagen von ihrer Gesangstour aus Österreich zurückgekehrt war. Unsere Sippe hatte ein gespaltenes Verhältnis zu ihr. Sängerin in Bars und nie geheiratet. Die traute sich was! Ich verstand mich gut mit ihr. Ich klopfte.

„Kommt rein, Perri!“, tönte ihre dunkle, rauchige Stimme. „Was ist los Kleines, was machst du für ein Gesicht? Du weißt doch: Sorgen machen Falten.“

Sie lächelte und zeigte auf den Sessel neben sich. Auf dem kleinen Tisch zwischen uns standen Vanillekipferl, unserer beider liebsten Weihnachtsbrödle, und zwei Tassen. Coco legte sich neben Tante Fine. Ich betrachtete meine Tante, während sie den Hund hinter dem Ohr kraulte. Ihre weißen, zu einem Dutt zurückgekämmten Haare schimmerten in der Mittagssonne. Früher waren sie schwarzblau gewesen und glänzten wie eine frisch geteerte Straße wie bei allen Geschwistern meiner Mutter. Der Dutt, den auch alle trugen, erinnerte mich bei Fine an die Operndiva Maria Callas. Nur dass die Stimme meiner Tante die dunkle, rauchige Färbung einer Edith Piaf hatte, deren Lieder sie auch in den Clubs sang.

„Was ist?“, fragte sie nochmal und schenkte mir Kaffee ein. „Hast du Sorgen wegen Oma Tilda?“ Ich nickte und nahm die Tasse. Mit dem Duft des Kaffees in der Nase lehnte ich mich bequem zurück.

„Ich weiß davon“, sagte Fine. „Oma Tilda hat mich angerufen. Sie sagte, dass sie ihr olles Haushuhn mitbringen will. Seit ihr Otto so vergesslich geworden ist und oft die Türen nicht schließt, spaziert ihr geliebtes Huhn deswegen immer wieder auf der Straße. Und du kennst ja die Straße, die an ihrem Haus vorbeiführt. Da fahren die Bauern mit ihren großen Treckern vorbei, dass das Haus wackelt! Und Emma ist ja auch schon tüddelig und hockt sich bei drohender Gefahr hin, anstatt davonzurennen. Also wird Oma Tilda das Huhn ganz sicher mitbringen.“

„Aber was mache ich mit Coco?“, gab ich zur Antwort. „Ich kann sie doch deswegen nicht an die Kette legen?“

Fine winkte ab. „Jetzt mach mal halblang! Wir können Coco hier oben bei mir lassen. Sie wird im Kuschelsessel schlafen. Nicht wahr, Coco?“ Sie beugte sich zu der Hündin und kraulte sie wieder.

„Gut“, erwiderte ich nur halb zufrieden. Fine blickte mich mit ihren saphirblauen Augen an und zog dabei ihr Schultertuch zurecht. „Wie gut, dass sie fünf Jahre nach Mamas Tod bei uns eingezogen ist und an den Festen immer zu Hause war“, dachte ich.

„Perri, hast du bei Königs schon den Truthahn bestellt?“, fragte Fine und holte mich damit aus meiner Erinnerung. „Lass uns eine Liste machen und wir teilen uns den Einkauf.“

„Die Getränke habe ich schon bestellt“, erwiderte ich. „Die kommen morgen. Wie viel Sekt brauchst du für die Bowle?“

„Vielleicht vier Flaschen, wir trinken alle nicht mehr so viel wie früher“, sagte Fine.

„Dann reicht, was ich bestellt habe.“ Auf meinem Zettel notierte ich: Geflügel, frische Eier und Ottos Lieblings-Zwetschgenmarmelade vom Hofladen. Fine würde Obst und Gemüse vom Markt besorgen. Zufrieden machte ich mit Coco an diesem vierten Advent in der blassen Dezembersonne eine Runde um den See.

Ein Tag vor Heiligabend

Wir saßen in der Küche und bereiteten das Essen für morgen vor. Dabei kosteten Fine und ich das erste Glas Weihnachtsbowle, die sie am Vormittag angesetzt hatte. Wie viele Ananasstücke, wie viel Zucker, Weißwein, Mineralwasser und kurz vor dem Umtrunk noch der Sekt in die Bowle gehörten, war Fines Geheimnis.

„Es war wie ein Ritual“, erzählte Fine. „Deine Mutter und ich feierten neben den Vorbereitungen ihren Geburtstag. Als Kind hatte sie sich immer beklagt, dass sich niemand die Zeit genommen hatte, um mit ihr zu feiern. Man hatte sie immer auf Heiligabend vertröstet. Deswegen feierten wir ihn besonders, mit Bowle. Und meist waren wir auch beschwipst, wenn wir ins Bett gingen." Fine lachte.

So machten wir es jetzt auch während der Vorbereitungen für das Weihnachtsfest. Ich schnippelte Karotten und Sellerie für den Puter. Schälte Zwiebeln für das Blaukraut, wobei nicht auffiel, dass ich nicht wegen des Zwiebelschälens verweinte Augen hatte. Heimweh überfiel mich beim Vorbereiten in der Küche. Heimweh nach meinen Eltern, besonders nach meinem Bruder.

Fine hobelte den Rotkohl und erzählte von den Erlebnissen ihrer letzten Gesangstour und auch, warum sie nicht geheiratet hatte. Das brachte mich gleich wieder zum Weinen. Sie hatte auf ihren Liebsten gewartet, doch er war nicht mehr aus dem Frankreichfeldzug 1940 heimgekommen. „Mein Fritz", sagte sie, „war zwanzig Jahre älter als ich und geschieden, das hatte mein Vater nicht so gerne gesehen. Aber wir liebten uns." Sie nahm einen Schluck Bowle und wischte sich mit dem Ärmel übers Gesicht. „Wir hatten nur ein Jahr, dann war er in Frankreich im Krieg. Er galt als vermisst. Ich habe nie herausfinden können, wo er beerdigt ist – falls er überhaupt ein Grab bekommen hat." Sie hobelte ganz langsam, als überlegte sie etwas. „Er war ein so einfühlsamer Arzt. Er war unser Hausarzt und er war der einzige, von dem Großmutter Theresia sich behandeln ließ. Du weißt, sie war schwer herzkrank und hatte Asthma. Sie starb, als deine Mutter acht Jahre alt war. Das war sehr traurig und Fritz half uns in der Trauer. Deine Mutter war unser Nesthäkchen, wir anderen drei Geschwister waren über zehn Jahre älter." Fine schniefte. „Ich wusste, dass ich keinen anderen Mann mehr so lieben könnte, deswegen bin ich lieber alleine geblieben."

So brutzelten und bereiteten wir das Festmahl vor. Weinten und lachten und waren irgendwann beschwipst.

Weihnachtsabend

Morgens um acht hörte ich Fine in den Keller gehen, sie holte sicher die Puter-Kasserolle. Ich gesellte mich zu ihr und machte uns Frühstück. Dabei besprachen wir den Ablauf des Heiligen Abends. Um zehn setzte sie den angebratenen Truthahn mit dem geschälten und geschnittenen Gemüse in die Kasserolle und schob alles in den Backofen. Bei niedriger Temperatur dauerte es sechs bis sieben Stunden, bis er fertig sein würde. Später setzten wir auf kleinster Flamme den Rotkohl auf, der nach Apfel und Nelken roch, wenn ich den Deckel anhob, um ihn zu wenden. Auch die Kartoffeln für das Püree lagen schon im Topf bereit.

Meine fünf Jahre jüngere Schwester Maria war die Erste, die kam.

„Du bist viel zu früh“, begrüßte ich sie. „Das Essen ist doch erst um achtzehn Uhr angesagt.“

„Ich dachte, ich helfe euch noch ein wenig“, sagte sie. „Ich bin froh, dass ich mal wieder ohne meinen Mann mit meiner Familie feiern kann.“

Tante Fine und ich warfen uns einen vielsagenden Blick zu. Marie redete schnell, holte fast keine Luft. Das tat sie nur, wenn sie unbedingt etwas loswerden musste. Meine Schwester konnte sehr bestimmend sein. Doch heute klang alles leiser als sonst. Irgendetwas war im Busch bei Maria Tuchmacher!

Ihre Frage: „Wie geht es dir, Peri?“, verwirrte mich noch mehr. Und schließlich sagte sie: „Ich bleibe nach dem Essen und helfe dir beim Abwaschen und Aufräumen, dann kann Tante Fine zu den anderen ins Wohnzimmer sitzen.“

Verwundert nahm ich ihr den Mantel ab und hängte ihn auf. Maria ging ins Esszimmer und fing an den Tisch einzudecken. Dabei beobachtete ich, wie sie über die Tischdecke strich, als ob sie diese streicheln würde. Oder bildete ich mir das nur ein?

Es klingelte dreimal kurz, das war Oma Thilda mit Otto im Schlepptau und Emma im Korb.

„Kommt rein ihr Hühner!“, entschlüpfte es mir.

„Ja gerne“, sagte Otto. „Ich freue mich auf das gute Essen und den guten Wein.“ Ich nickte. Meinen Hund hatte ich vor einer Stunde nach oben gebracht.

„Ihr könnt es euch oben in meinem Schlafzimmer gemütlich machen, ich bringe eure Sachen hoch.“

Ottos Arm zitterte etwas, sein Gang schien mir unsicherer geworden. Mit Emma im Korb ging er ins Wohnzimmer und setzte sich auf den durchgesessenen Diwan. Den Korb stellte er neben sich. Emma gackerte und Otto redete mit ihr. Dafür brachte ich ihm sofort ein Glas Rotwein. Es rührte mich, wie fürsorglich er mit Emma war.

Thilda ging derweil nach oben und machte sich frisch. Sicher zog sie ihr langes Schwarzes an. Darin wirkte sie besonders elegant. So hatte ich mir immer als Kind eine Schauspielerin vorgestellt. Wir nannten sie Oma Thilda, obwohl sie meine Großtante war, die Schwester meiner Großmutter Theresia. Alle Frauen mütterlicherseits hatten ein künstlerisches Flair.

Es duftete nach Braten und Rotkohl. In der Zwischenzeit war auch mein Onkel Ludwig eingetroffen. Gekleidet war er in einen schwarzen Doppelreiher, den er wie eine Uniform trug, obwohl bei ihm fast die Knöpfe wegzuspringen drohten. Im Gefolge hatte er seine Frau Elisabeth und Sohn Charly.

Meine Cousine Ursula hatte mal wieder einen „Chérie“ mitgebracht – einen neuen Freund.

Maria schlich immer noch um mich herum. Warum bloß? Irgendwie schaffte sie es nicht, mir etwas zu erzählen und ich nicht, sie direkt zu fragen. Stattdessen sagte ich:

„Bitte Maria, bediene den Gong, wir können essen." Dann dachte ich an das Lied von Reinhard May: „Die Schlacht am kalten Büfett". Das galt vor allem für den Teil unserer Familie, die wir insgeheim nur die „braune Fraktion" nannten. Sie kamen immer, wenn es etwas umsonst gab.

Tante Fine setzte sich oben an die Stirnseite des Tisches. Ich und meine Cousine Ursula mit ihrem Chérie nahmen rechts von ihr Platz. Wir wussten nicht, woher ihr Freund kam und wie er wirklich hieß. Es konnte beim nächsten Fest ein Juan oder ein Charles sein. Doch immer waren es sehr sympathische Zeitgenossen.

Oma Tilda und Otto setzten sich uns gegenüber. Neben Otto platzierte sich mein Vetter Charly, als Kinder nannten wir ihn den Besserwisser. Onkel Ludwig setzte sich ebenfalls und flötete: „Elisabeth, meine Gemahlin, setz dich bitte neben mich."

„Die Langsame", so nannten Fine und ich Elisabeth. Denn wenn sie anfing zu erzählen, wollten wir ihr am liebsten einen Schubs geben, da sie so monoton und langsam redete, dass ihr irgendwann keiner mehr zuhörte.

Der freie Platz an der Stirnseite war für Carlos und alle, die nicht mehr bei uns waren, eingedeckt.

Maria setzte sich neben Ursulas Chérie. Sie saß noch nicht mal richtig, da fragte Onkel Ludwig schon:

„Maria, du bist heute ohne deinen Gatten hier? Ist etwas nicht in Ordnung bei euch?"

Meine Schwester rückte ihr edles Kostüm zurecht und entgegnete:

„Nein, alles gut. Mein Mann ist bei seinen Eltern auf Mallorca. Er wollte zusammen mit seinem Vater das neue Boot einweihen. Ich wollte auf die Tradition unserer Weihnachtsfeier nicht verzichten. Außerdem haben wir in unserer Bank Jahresabschluss, ich hätte nicht lange weggekonnt."

„Tja, diese modernen Frauen, keine Kinder und erst mal Selbstverwirklichung, oder wie nennt ihr das?", sagte Ludwig und steckte einen Zipfel der großen Stoffserviette zwischen Hemdkragen und Hals. „Früher haben die Frauen Kinder bekommen und sind zuhause geblieben, damit sie die Kinder richtig erziehen konnten. So, wie meine Gattin. Nicht wahr, Elisabeth?" Dabei tätschelte er Elisabeths Hand und sie lächelte.

„Maria hilfst du mir dabei, das Essen aufzutragen?", unterbrach ich Ludwigs Gerede. Kurz darauf kamen wir mit Schüsseln voller Rotkohl und Kartoffelpüree und mit dem auf zwei Platten verteilten tranchierten Truthahn zum Tisch. Es dampfte und roch verführerisch gut. Ludwig griff sofort nach der Fleischplatte und langte zu. Ich dachte, sein Sohn Charly würde Otto jetzt etwas reichen. Doch ich hatte mich getäuscht. Charly war zuerst mal Selbstversorger.

Eine Weile waren alle mit dem Essen beschäftigt. Erst als sich das erste Sättigungsgefühl eingestellt hatte, begann eine Unterhaltung. Onkel Ludwig stach immer wieder mit der Messerspitze Richtung Maria und übertönte mit seiner dunklen, lauten Stimme fast alle.

„Maria", hörte ich ihn sagen und dabei zeigte seine Messerspitze auf sie, „Maria, wenn du mal Kinder hast ... du willst doch welche? Du brauchst doch einen Erben für die Firma deines Mannes. Wer soll denn sonst das ganze Vermögen bekommen? Also wenn, dann solltest du von Anfang an strenge Regeln aufstellen.

Heute meinen die Eltern, sie müssten ihren Kindern alles bieten, das halte ich für falsch."

Ich dachte, ich höre nicht recht. Was für Töne! Das Beispiel seines so wohlgeratenen Sohnes sagte uns was anderes. Charly fuhr BMW, natürlich auf seines Vaters Kosten, zahlte keine Alimente für sein Kind und war ständig arbeitslos. Doch noch schlimmer für mich war, dass Ludwig mit vollem Mund redete. Er sabberte von seiner überladenen Gabel, die Reste fielen unter den Tisch.

„Ja!", fiel Tante Elisabeth ihm ins Wort. „Mein Mann hat recht, die Kinder werden heute viel zu sehr verwöhnt. Man fährt sie in die Schule. Sie bekommen immer das Beste und Neueste." Mit Nachdruck spießte sie mit ihrer Gabel gleich drei Stücke Fleisch auf, die sie wie eine Fuhre Futter in den Mund schob. Wobei diverse Essbrocken beim Weiterreden auf den voluminösen Busen kullerten und sich in ihrem umgehängten Geschmeide verfingen. Ihr Sohn Charly kaute mit vollen Backen. Ich konnte fast nicht hinsehen.

Chérie unterhielt sich mit Tante Fine, erhob das Glas und sagte: „Tante Fine, Grazie, è buono, es schmeckt mir vorzüglich. Ursula hat mir von euren Kochkünsten vorgeschwärmt!"

Ich stutzte, schaute zu Fine. Chérie sprach italienisch? Meine Tante zwinkerte mir zu und hob sich schmunzelnd ein Stück Truthahn in den Mund. Ich nickte. Ob Italiener oder welcher Nation auch immer, er wirkte sehr sympathisch.

„Woher kommen Sie?", fragte Ludwig sofort einhakend.

„Aus Lindau", antwortete Chérie.

„Ja aber Sie sind doch kein Deutscher?"

„Doch", sagte Chérie. „Mein Vater ist Italiener und meine Mutter stammt aus Lindau."

„Ha, wieder so ein Itaker. Ursula, kannst du nicht mal einen Deutschen bringen? Wenn wir schon akzeptieren, dass du immer wieder einen anderen zum Familienfest mitbringst!"

Es war kurz still am Tisch. Dann stand Fine auf und sagte: „Ich denke, wir könnten ins Herrenzimmer gehen, den Mocca gibt's dort und wir bereiten dann noch den Nachtisch vor."

Ludwig nahm gleich den alten Sessel von Vater ein und den Sessel daneben seine Gattin. Otto setzte sich ihm gegenüber aufs Sofa neben Chérie und Ursula. Maria saß im Sessel neben Ursula. Charly ging auf die Terrasse zum Rauchen. Fine stand im Türrahmen und ich war mit Abräumen beschäftigt, als ich Otto laut sagen hörte:

„Ludwig, du entschuldigst dich jetzt bei Ursulas Freund."

Zu Chérie gewandt fragte Otto: „Meine Ohren sind nicht mehr so gut. Ich habe vorhin Ihren Namen nicht richtig gehört. Wie war er nochmal?"

„Bruno", erwiderte Chérie.

„Gut", sagte Otto und wandte sich wieder an Ludwig. „Dann entschuldige dich bei Bruno."

„Fällt mir nicht ein!", polterte Ludwig los. „Ich bin hier zu Hause, das ist mein Elternhaus, und ich bin kein Ausländer, kein Schmarotzer."

„Nein", sagte Otto. „Du warst hier einmal zu Hause. Aber das ist lange her. Und mit Ruhm hast du dich damals auch nicht bekleckert. Du brauner Geselle!"

Ich hielt kurz die Luft an. So hatte ich Otto noch nie erlebt.

„Was erlaubst du dir?" Ludwigs Gesicht lief dunkelrot an. „Du, Otto, du bist von uns nur geduldet, weil Oma Thilda dich mag. Ich weiß ja nicht, ob du genug Rente hättest, um alleine zu leben? Und was das Haus hier angeht: Wenn ich nicht während des Krieges meine Schwestern und meine Mutter unterstützt hätte, dann hätten wir keine Heimat mehr." Fine ging langsam zum Sofa und setzte sich neben Otto auf die Lehne. „Es stimmt, dass du uns manches Mal etwas gebracht hast", sagte sie. Aber das Haus hätten wir auch ohne deine Zuwendungen nicht verloren. Da überschätzt du wohl dein so gutes Tun. Ich glaube, Ludwig, es ist an der Zeit, dass du einen großen Gang zurückschalten solltest. Außerdem, wenn wir schon über diese Zeit reden, möchte ich endlich mal wissen, woher du damals überhaupt die Mittel hattest, solche Dinge wie nagelneue Schuhe und Damenstrümpfe mitzubringen? Während des Krieges warst du doch nur in einer Schreibstube beschäftigt. Es sei denn, du hättest dich damals als Spitzel betätigt. Glaube ja nicht, dass wir es damals nicht geahnt haben, auch wenn du es bis heute leugnest, du Saubermann!"

Ludwig riss sich die Serviette aus dem Kragen. Er fing an zu husten und hielt sie sich vor den Mund. Elisabeth sprang erschrocken auf.

„Wenn Ludwig jetzt einen Asthmaanfall bekommt, seid ihr schuld!", rief sie weinerlich und sank wieder in den Sessel zurück.

„Halt!", mischte sich Maria ein. „Jetzt reicht es. Ludwig, entschuldige dich bei Otto und bei Bruno und am besten gleich bei uns allen. Wenn du das nicht möchtest, dann wird es am besten sein, wenn ihr geht – und zwar gleich – und für immer.

Das war meine Schwester Maria! Ich war mächtig stolz auf ihren Mut und stellte mich hinter ihren Sessel. Onkel Ludwig erhob sich. Er sah zu seiner Frau, die sofort aufstand, und strich seine Anzugsjacke glatt. Seine Augen quollen bedenklich weit aus den Höhlen, als er sagte: „Das wird ein Nachspiel haben. Da ist das letzte Wort noch nicht gesprochen! Dann freut euch mal auf den Brief von meinem Anwalt, wegen eines Erbanteils aus dem Haus, in dem ihr wie die Maden im Speck lebt."

„Das lassen wir auf uns zukommen“, rief Maria. „Und auf so eine Verwandtschaft wie euch können wir auch zukünftig an Festen verzichten! Ich begleite euch gerne bis zur Haustür.“

Ludwigs Gesichtsfarbe wechselte von rot zu weiß und dann wieder zu rot. Hoffentlich brauchen wir am Ende des Abends nicht noch einen Notarzt, dachte ich.

Durch den Streit aufgeweckt, flatterte Emma aus ihrem Korb quer über den kleinen Tisch auf Elisabeth zu, streifte ihre Haare und kackte auf deren Kleid. Bravo, das auch noch!

Charly würdigte uns keines Blickes, als er aus dem Haus zum Auto schritt, seine Eltern im Gefolge. Der Kies spritzte auf und weg war die bucklige Bagage!

Wir waren alle etwas benommen. Otto trat zu Maria und umarmte sie: „Das war sehr mutig von dir, Maria!“

Ich ging in die Küche und legte für jeden von uns eine Kugel Zitroneneis mit einigen Tropfen Orangenlikör und einem Zimtstern auf die Dessertschalen. Als ich mit dem Tablett ins Wohnzimmer kam, saß unsere Hündin Coco neben Oma Thilda und genoss, dass sie gestreichelt wurde. „Weißt du, Coco, meine Emma ist mein liebstes Huhn“, hörte ich Thilda sagen. „Und du musst verstehen, dass wir sie nicht alleine zu Hause lassen konnten. Aber ab morgen nach dem Frühstück hast du deinen Garten und das Haus wieder ganz für dich alleine. So lange hältst du es noch aus.“

Dann sah ich, dass sie den Hund an der Leine hatte und atmete erleichtert auf. Emma saß glucksend bei Otto. Nun stand er auf und sagte zu uns allen gewandt: „Gute Nacht Kinder, es war etwas anstrengend heute Abend. Wir verzichten auf den Nachtisch und gehen lieber ins Bett. Schlaft gut. Ich freue mich auf ein Frühstück mit euch allen morgen.“

Er nahm den Korb, Thilda nahm Emma unter ihren Arm. „Übrigens“, ergänzte Otto noch. „Ich habe Coco ein Stück vom Truthahn gegeben, die soll ja auch was von Weihnachten haben.“

Ich setzte mich neben Coco auf das Sofa und löffelte meinen Nachtisch und mein Hund schielte nach meinem Dessert.

„Oh, Coco“, sagte Otto im Vorbeigehen und streichelte sie. Ich hielt sie fest und unser altes Turtelpaar und Emma gingen schlafen. Ursula und Bruno nahmen noch ein Glas Wein mit und verschwanden im Zimmer meines Bruders.

Fine und Maria holten ihre Mäntel, öffneten die Terrassentüren zum Garten und setzten sich dort auf die alte Bank beim Apfelbaum. Ich kam mit den gefüllten Cognacgläsern hinterher. Wir prosteten in den Himmel. „Prost, Carlos, wie wäre es jetzt mit einem Weihnachtslied auf der Mundharmonika von dir?“, fragte Fine. Wir lauschten und jeder hing seinen Gedanken nach. Irgendwann spürte ich Marias Hand auf meiner.

„Kann ich heute Nacht bei euch schlafen?“, fragte Maria in die Stille der Nacht.

„Ja, meine Liebe, das weißt du doch“, sagte Fine.

„Vielleicht auch ... für länger?“, kam es leise von meiner Schwester.

„Immer!“, sagte ich. „Auch für immer, Maria.“

Und ich spürte, wie wir alle lächelten.

Weihnachten hat viele Gesichter

10 Minuten

ANJA SANDMANN

Weihnachten ist ein Fest und ein Happening, bunt wie Zuckerstangen, aufregend wie Schlittschuhlaufen, turbulent wie Schneegestöber. Weihnachten ist eine lange Einstimmung und ein kurzes Chaos, Weihnachten ist Vorfreude und Schmerz. Ein poetischer und sinnenfroher Bilderreigen, der alle Facetten des Festes zeigt.

Im Rausch

Weihnachten, das ist Weihnachtsgebäck in den Supermarktregalen, lange bevor überhaupt an Weihnachten zu denken ist. Der Widerwille, bereits im September Lebkuchen in die Einkaufswagen und Weihnachtsmänner auf die Kassenlaufbänder zu legen – noch ist Sommer.

Helle Tage, die kürzer werden. Einkaufsmeilen, die im Dunkeln festlich leuchten. Hektische Schritte auf dem Asphalt. Schneegestöber in Schaufenstern. Im Laufschritt schwingende Einkaufstüten. Schniefende Nasen, die sich in Taschentüchern vergraben. Hände, die sich in Manteltaschen wärmen.

Warme Einkaufspassagen, die nach gebrannten Mandeln duften. Whams „Last Christmas“ und Maria Careys „Al I want for Christmas is you“. Überdimensionierte Weihnachtskugeln über den Köpfen der Shoppingjünger. LED-Weinachtspullover als Verkaufsgag. Rudolf das Rentier, dessen rote Nase von Sockenständern leuchtet. Minitannenbäume, mit Kunstschnee verziert, im Sonderangebot. Teddybären als Weihnachtsmänner verkleidet. Weihnachtsuniversen in Schneekugeln. Engel, Fanfare blasend, auf Bettwäsche und Porzellan. Zahnbürsten und Taschentücher in der Sonderspecialweihnachtsedition.

Neu aufgelegte Weihnachtsmärkte unter weißgrau und abendschwarz verhangenen Himmeln. Weihnachtsmarktbäume so groß, als könnten sie die Wolken berühren. Schaubuden dicht an dicht, an denen sich die Marktbesucher vorüberschieben. Lebkuchenherzen mit buntem Zuckerguss verziert, die flüstern: „Ich liebe Dich!“ Rot kandierte Äpfel und schokoladenüberzogene Bananen, zwei Euro das Stück. Münder, die gerösteten Maronen kauen und gebrannte Mandeln knuspern. Finger, die über Holzpyramiden gleiten, handgeschnitzt. Zuckerwattewolken, größer als die Gesichter ihrer gierig dreinschauenden Leckermäuler. Märchenhütten, aus denen es ruft: „Knusper, knusper, Knäuschen. Wer knuspert an meinem Häuschen?“ Kinderohren, die gebannt lauschen, und Kinderaugen, die leuchten. Hände, die sich am Glühwein wärmen.

City-Star-Bords an Bushaltestellen, die zeigen, welche Handygeräte Weihnachten zwar nicht sexy, dafür aufregender machen. Pushnachrichten, die Festtagsoutfits hypen. City-Light-Poster an U-Bahn-Stationen, auf denen Parfümflacons betörend seufzen: „Smell is a word, perfume is literature“.

Surfen im Internet, auf der Suche nach den eigenen Ideen und dem verlorenen Versprechen, die Suche im nächsten Jahr früher zu beginnen. Das aufgeregt pochende Herz, das weiß, Weihnachten naht. Finger, die über Computertasten fliegen. Augen, die Internetseiten durchblättern: *Wohnen, Garten, Sport und Spiel …*

Gedanken, die schwirren. Der Kopf, der sich dreht wie im Rausch. *Haushalt, Leder, Delikatessen ...* Internettabs, zu viele geöffnet. Mousetasten, viel zu oft geklickt. *Kosmetik, Accessoires, Bekleidung ...* Der Treffer, der aus dem Nichts erscheint. Der Seufzer, der den Ausverkauf bestätigt. Die dumpfe Panik vor dem Fest.

In der Natur

Weihnachten, das sind Eltern, die ihre Spösslinge auf Schlitten durch die Straßen ziehen. Wie kleine Schneekönige sitzen sie auf ihren Rössern, in ihren Augen spiegeln sich die dahingleitenden Häuser, unendlich groß.

Kugelrunde Schneemänner, die in Vorgärten Wache halten. Spatzen, die um Futterherzen schwärmen. Igel, die die kalte Jahreszeit in Lichterkettenhecken verschlafen.

Muntere Spaziergänge entlang verwaister Felder – unter ihrer Schneedecke ruht eine ganze Welt. Väterchen Frost, der Bodenkrümel auseinandersprengt, das Krachen ist nur in den verlassenen Maulwurfgängen zu hören. Der Wind, der einsam sein „Schneeflöckchen, Weißröckchen" pfeift. Über ihm zieht eine Herde Schäfchenwolken an der tiefstehenden Sonne vorüber. Sie lacht. Unsere Schatten wie Riesen winken uns zu.

In sich gekehrt der Wald, weiß gepudert. Der Duft nach feuchtem Holz und frischer Erde in der Luft. Die Ruhe der Bäume streicht uns über die Rücken. Frieden, der in uns kehrt. Stille, in die wir eintauchen wie U-Boote in geheimnisvolle Tiefsee.

Wasser, das von den Bäumen auf unsere Gesichter tropft. Schnee, der von Baumkronen rutscht. Lawinen, die Ast um Ast Richtung Waldboden pulvern. Knackende Äste. Rascheln im Gestrüpp. Wir sind nicht allein.

Stiefel, die über menschenleere matschige Waldpfade schmatzen. Unberührter Schnee am Wegesrand. Schuhe betreten unerforschtes Land. Unter den Sohlen jungfräuliches Knirschen. Frische Fußabdrücke, aufregend wie Armstrongs Spuren im Mondstaub.

Schneebälle, schnell wie Geschosse, die durch die Luft fliegen, zerstäuben an Jacken und Bäumen. Hände, die vor Kälte brennen. Knie, die im Schnee versinken. Waden, die sich freistapfen. Arme, die balancieren, als gehörten sie Seiltänzern in luftigen Höhen.

Lachen, das Zwerchfelle kitzelt, so hell, dass es Wälder zum Singen brächte. Der Schnee schluckt es liebevoll. Rennen, keuchend, mit schweren Schritten. Atemwölkchen, die vor Gesichtern aufwärtssteigen, wattewolkengleich. Leuchtend rote Wangen glühen vor Glück.

Vorfreude an Sonntagen. Halbnackte, fröstelnde Leiber, die in den See steigen. Die Eisschicht klirrt. Der Kuss der Kälte. Sitzen im Wasser. Das Zeitgefühl verschwimmt. Der Atem verlangsamt. Ruhe, die sich Raum greift. Ein kurzer Moment Ewigkeit.

Im Herzen

Weihnachten, das ist morgens aufwachen, während die Sonne noch schläft und abends heimkommen im Dunkeln. Das erste brennende Licht auf dem Adventskranz, das die Weihnachtszeit verkündet.

Weihnachtssterne, die weiß und groß, am Zimmerfirmament leuchten.

Mehlstaub, der an Schürzen klebt. Klappernde Nudelhölzer, die Mürbeteig ausrollen. Der Duft frisch gebackener Plätzchen, der jeden Raum erfüllt.

Weihnachtskalender, die von eifrigen Händen geöffnet und gierig geplündert werden.

Schmutzige Schuhe, auf Hochglanz poliert, die größten, die im Schuhschrank standen. Offene Kindermünder beim Anblick der prall gefüllten Stiefel am Morgen – es gibt ihn tatsächlich, den Nikolaus!

Allsonntägliche Märchenfilme, die die Zeit bis Heiligabend verkürzen. „Drei Haselnüsse für Aschenbrödel" im Weihnachtsvormittagsprogramm. Das Herz, das trotz der dreißigsten Schuhanprobe noch immer mitfiebert, als wäre es zehn.

Der Weihnachtsbaum im Wohnzimmer, der seine Äste und Nadeln reckt und streckt, als wolle er sage: „Hier will ich sein." Der Glanz, mit dem er, ganz in Gold geschmückt, den Raum erfüllt. Beim Einschalten der Lichterkette schwillt seine Brust. Der zufriedene Blick vom Sofa hinüber zum Baum, der sagt: „Das Werk ist vollbracht."

Das Weihnachtsgebet im Christbaumschein. Zu dritt allein. Die Köpfe zur Andacht gesenkt. Die Hände entschlossen, einander festzuhalten. Stille Tränen, die Wangen hinabkullern, darin eingeschlossen Erinnerungen an Lachen, Hoffen und Leid. Das Amen, unbeirrt, wie ein heiliges Versprechen.

Der festlich gedeckte Tisch lässt Herzen höherschlagen. Als ob Könige speisen. Gläser klingen. Der Wein, rubinrot und schwer. Knie wippen mit Paul Kuhn im Takt. Häppchen werden rumgereicht. Anekdoten flattern über den Tisch. Der beiläufige Blick aus dem Fenster, dunkel die Straßen, Wohnungen leuchten. Das geborgene Gefühl, zu Hause zu sein.

Die Bescherung, farbenfroh. Unterm Weihnachtsbaum Päckchen und Pakete, in buntem Papier eingeschlagen und fein verschnürt. Das Auspacken, zelebriert, als wäre es selbst ein Geschenk.

Flotte Sprüche, spritzig wie Farbkleckse, heben die Stimmung. Lachen, so hellgelb wie van Goghs „Café-Terrasse am Abend in Arles“.

Blick in die Kerze, gedankenversunken. Jahre fliegen wie Buchseiten, die der Wind umblättert. Der geheime Wunsch, der Wind möge sanfter wehen – oder die Geschichte unendlich sein. Das Erwachen aus dem Tagtraum und die Traurigkeit, dass weder das eine noch das andere sein wird. Melancholie.

Weihnachtsfeiertage, friedvoll wie die Ruhe nach dem Sturm. Spaziergänge, auf denen Gedanken durchatmen. Wohnzimmer, kuschelig warm, die zu Kaffee und Plätzchen einladen. Die Sehnsucht nach Schnee, der sacht vom Himmel fällt. Zitronenglasierte Sternschnuppen, die Weihnachtswünsche erfüllen.

Zwischen den Jahren

14 Minuten

RENATE ILL

Eine Geschichte mit Skype und Herz: Gibt es ein schöneres Geschenk als eine Freundin, mit der man seit Jugendtagen über Meere und Kontinente hinweg verbunden ist?

Jedes Jahr zwischen Weihnachten und Neujahr, seit über fünfzig Jahren, gönnen meine Freundin Christa und ich uns ein langes Gespräch am Telefon. Darauf freuen wir uns immer, es ist schon eine Tradition geworden.

Christa lernte ich 1967 kennen. Ich war jung und hatte wenig Geld. Was ich verdiente, reichte gerade mal für das Essen und den Unterhalt meines alten Autos. Eine Mietwohnung konnte ich mir nicht leisten. Also zog ich bei einer alten Dame ein, die etwas Hilfe im Alltag brauchte, und die mir dafür kostenfrei einen Platz in ihrer Dreizimmerwohnung überließ. Ein Zimmer hatte ich für mich, Küche und Bad wurden gemeinsam benutzt.

Nach zwei Jahren wollte ich weiterziehen, in die nächstgrößte Stadt: nach Köln. Wie aber sollte ich das der gebrechlichen, liebenswürdigen Dame erklären? Es war mir peinlich, sie zu verlassen. Sie aber nahm es ganz leicht, gab eine Anzeige in der Zeitung auf und zwei Tage später klingelte es an der Tür. Christa stand da, mit einem Koffer und der Zeitung unter dem Arm. Sie war so lustig und freundlich und strahlte mich an. Und die alte Dame griff gleich zu und engagierte sie.

Christa kam frisch aus Australien! Sie hatte eine lange Seereise hinter sich. Der Suezkanal war gerade gesperrt worden und so musste sie um ganz Afrika herumschippern. Das hatte sie den letzten Pfennig gekostet und so war sie nun genau wie ich ohne Geld, aber voller Optimismus. Wir verstanden uns gleich blendend. Sie schlief vorerst auf der Couch im Wohnzimmer und bekochte unsere bald achtzigjährige Hausmutter von morgens bis abends. Die war begeistert, denn meine Kochkünste waren sehr bescheiden.

Ich zog weiter nach Köln, aber Christa und ich verloren einander nie aus den Augen. Bald darauf arbeitete sie in der australischen Botschaft in Bonn, ging dann nach Paris, und als sie dort einen Sohn bekam, wollte sie wieder weiterziehen. Diesmal nach Kanada. In der Stadt Ottawa fand sie schließlich ihre Wunschheimat und zog ihren Sohn auf. Die kanadische Staatsbürgerschaft bekam sie mit einem kleinen, feierlichen Zeremoniell, bei dem ihr eine Urkunde überreicht wurde.

Bei unseren Telefonaten (seit einigen Jahren mit Skype) erzählen wir uns, was sich im vergangenen Jahr ereignet hatte: die Freuden, die Reisen, die traurigen und die fröhlichen Ereignisse und, je älter wir werden, auch die Erinnerungen an früher. Dieses Jahr erzählte mir Christa, wie ihre Eltern mit ihr und ihren Geschwistern vor vielen Jahren von Deutschland in Australien auswanderten.

„Es war Heiligabend 1953“, begann sie. „Wir waren an diesem Tag in unserer neuen Bleibe am Ende eines kleinen Dorfes im Bundesstaat Victoria angekommen. Meine Familie war gerade erst nach Australien gekommen. Ich war sechs Jahre alt, meine beiden Schwestern fünf und vier. Wir waren Teil einer großen Einwanderungswelle, tausende Familien aus dem vom Krieg erschütterten Europa suchten ein neues Leben.

Wir hatten die Meere auf einer vierwöchigen Reise überquert. Die erste Woche war schrecklich. Meine Mutter, meine Schwestern und ich waren seekrank. Nur mein Vater war auf den Beinen geblieben und brachte uns Brötchen und Obst in der Hoffnung, dass wir etwas essen würden. Aber wir waren zu krank, um essen zu können. Ich erinnere mich gut daran, wie ich in meiner Koje lag und hörte, wie die nicht gegessenen Früchte in der Schublade hin und her rollten, während das Schiff auf und nieder schaukelte.

Nachdem wir die Biscaya hinter uns gelassen hatten, waren wir in einer anderen Welt: ein ruhiger Ozean, blauer Himmel, warmes Wetter. Als wir in Colombo, Ceylon, jetzt Sri-Lanka, anlegten, sahen wir Straßenverkäufer, Elefantenschnitzereien und farbenfroh gekleidete Menschen mit dunklen Hautfarben. Wie toll wir das fanden! Die ersten Wochen in Australien lebten wir in einem Migrantencamp im nördlichen Teil von Victoria. Dutzende Familien waren in umgebauten Nissenhütten untergebracht. Das waren tragbare Metallkonstruktionen, die während des Ersten Weltkriegs gebaut worden waren und als militärische Trainingscamps dienten. Das Camp war sehr abseits gelegen, aber für meine Schwestern und mich war es aufregend: viele Kinder zum Spielen, Essen in einer Cafeteria, und unser erster Blick auf Kängurus!

Nach einigen Wochen im Camp erhielten wir die Nachricht, dass für uns ein Haus in der Nähe der Stadt Ballarat gefunden wurde. Die katholische Kirche hatte das organisiert, auch Arbeit für meinen Vater war gefunden. Ballarat ist eine nette Stadt, sie liegt ungefähr siebzig Meilen von der Hauptstadt Melbourne entfernt. Meine Eltern waren begeistert, dass wir dorthin ziehen durften.

Ein paar Tage später bestiegen wir den Zug nach Ballarat, eine Reise von einigen Stunden. Dort trafen wir mit einem Priester zusammen, der sich um uns kümmern sollte. Nach einer halben Stunde kamen wir in einem kleinen Dörfchen an, das aus einer

Schule, einem Geschäft für alles Notwendige zum Leben und ein paar Häusern bestand. Am Rande des Dorfes, vor einem ziemlich heruntergekommenen Haus, wurden wir abgesetzt. Es war ein hölzerner Flachbau auf einem großen Grundstück, umgeben von kniehohem Gras, Büschen und Bäumen. Die Farbe des Hauses war abgeblättert und das eiserne Dach war rostig. Das war also unser erstes Heim in Australien!

Nun war es später Nachmittag an Heiligabend. Durch das hohe Gras bahnten wir uns einen Weg zu unserem Haus. Der Priester zog einen Schlüssel aus der Tasche und öffnete die Tür. Wir traten in eine große, dunkle Küche ein. Es roch modrig. Offensichtlich hatte hier schon lange niemand mehr gelebt. Abseits der Küche lagen zwei Schlafzimmer, eines für meine Eltern und eines für uns Mädchen. Es gab kein Badezimmer, nur ein Toilettenhäuschen hinter dem Garten. Nun ja, nach der langen Ozeanüberquerung und den Wochen im Migrantencamp waren wir glücklich, einen Ort unser Eigen nennen zu dürfen.

Während wir unsere Sachen auspackten, fuhr der Priester zum „General Store", um für uns die nötigsten Lebensmittel einzukaufen: Brot, Milch, Butter und Kartoffeln. Als er zurückkam, gab er unseren Eltern noch ein paar nützliche Tipps, insbesondere, wie mein Vater zur Arbeit kommen könne. Er müsse einige Meilen zur nächsten kleinen Stadt laufen, um dann den Bus nach Ballarat zu nehmen. Vielleicht, so schlug er vor, könnte mein Vater ja ein gebrauchtes Fahrrad kaufen, um zur Bushaltestelle zu kommen.

Obwohl meine Eltern enttäuscht waren, dass wir so weit entfernt von Ballarat wohnen mussten, waren sie doch dankbar für all die Hilfe, die sie bekommen hatten. So dankten wir dem Priester und sagten ihm Adieu, als er uns verließ, um zur Stadt zurückzufahren. Wir schauten ihm nach und gingen dann ins Haus, um uns einzurichten.

Hier waren wir also, allein und meilenweit weg im Nirgendwo – und es war Heiligabend! In all der Aufregung hatten wir ganz vergessen, was für ein Tag das war. Meine Schwestern und ich schwatzten aufgeregt in unserem Zimmer, während meine Mutter ein einfaches Abendessen zubereitete. Nach deutscher Tradition werden die Geschenke an Heiligabend nach dem Abendessen verteilt, ein magischer Augenblick für Kinder. Wir setzten uns alle an den Küchentisch und aßen unsere erste gemeinsame Mahlzeit in unserem neuen Heim. Es war ein heißer und schwüler Tag gewesen, ganz anders als in Deutschland, wo man ja immer auf Schnee zu Weihnachten hofft. Hier aber wurde der Himmel schwarz und es donnerte in einiger Entfernung. Seit langem war kein so heftiger Regen gefallen. Grelle Blitze erhellten den Himmel. Wie anders war das alles.

Als wir zu Ende gegessen hatten, wandte sich Vater zu uns Mädchen und meinte, er hätte eine schlechte Nachricht. Traurig sagte er, dass es dieses Mal keine Weihnachtsgeschenke gebe. Das Christkind sei nicht in der Lage gewesen uns zu finden, seit wir von Deutschland abgereist waren. Wir waren am Boden zerstört, denn wir hatten in der Vergangenheit immer so schöne Weihnachten gehabt. Selbst wenn es nicht viele Geschenke gab, war es immer festlich und wunderbar gewesen.

Wir Kinder versuchten, brav zu sein, aber Tränen traten uns aus den Augen. Was für ein trauriges Weihnachtsfest würde das werden! Unsere Eltern versuchten uns, so gut es ging, zu trösten, aber wir weinten uns an diesem Heiligen Abend in den Schlaf.

Der nächste Morgen begann als sonniger Tag. Unsere Eltern saßen schon am Küchentisch, als wir hereintrotteten. Sie umarmten uns und wünschten uns Fröhliche Weihnachten. Plötzlich bemerkten wir, dass unser Vater ein seltsames Funkeln in den Augen und ein komisches Grinsen im Gesicht hatte. Wir wunderten uns, wie er nach allem, was geschehen war, so glücklich aussehen konnte. Dann sagte er: „Kinder, etwas Wunderbares ist letzte Nacht geschehen. Das Christkind ist doch noch gekommen und hat euch ein ganz besonderes Geschenk gebracht!"

Unsere Augen leuchteten auf und unsere Münder standen offen. Was könnte er meinen? Mit einem Lächeln auf seinem Gesicht bat uns unser Vater, still stehenzubleiben, er würde jetzt die Geschenke hereinbringen.

Vor Aufregung konnten wir uns kaum beherrschen und warteten ungeduldig darauf, dass er wieder zurückkam. Als er in die Küche trat, hatte er einen großen Pappkarton bei sich. Er hielt ihn so hoch, dass wir nicht hineinschauen konnten und bat uns, die Augen zu schließen. Wir machten sie ganz fest zu, hielten den Atem an und hörten komische Geräusche. Dann meinte er, wir könnten jetzt die Augen wieder aufmachen. Und was sahen wir? Vier wunderschöne Hundewelpen im Karton! Für jede von uns ein Hundebaby und eines für unsere Eltern!

Wir schrien vor Begeisterung und konnten unseren Augen kaum glauben. Was für eine fantastische Überraschung! Was für eine tolle Sache, als jede von uns sich ihr eigenes Hundekind aussuchen durfte. Was als trauriges Weihnachten begonnen hatte, wandelte sich nun zu einem glücklichen und unvergesslichen Erlebnis.

Erst einige Zeit später, als wir schon älter waren, erklärten unsere Eltern uns, was damals geschehen war. Als wir Kinder in jener Christnacht zu Bett gegangen waren, hörten sie fremde Geräusche. Sie kamen von der Veranda vor dem Haus. Mein Vater wollte die Sache näher untersuchen und fand unter der Veranda eine Hündin mit einem Wurf von vier Welpen. Die Hündchen waren verängstigt durch den Sturm und fingen an zu jaulen. Das war es, was meine Eltern gehört hatten. Ihnen war sofort klar, dass dies ein Geschenk des Himmels für ihre Kinder war.

Wenn ich heute die Überfülle der Geschenke sehe, die Kinder in unseren Zeiten zu Weihnachten bekommen, dann denke ich zurück an dieses bescheidene und doch so spezielle Weihnachtsfest in Australien. Ich bezweifle, dass ein Kind heutzutage glücklicher sein kann als wir es damals an diesem Tag waren“, schloss Christa am Telefon. „Ja, so war das damals. Wir waren arm, aber glücklich. Und das karge Leben hat uns stark gemacht. Manchmal denke ich noch daran, wenn ich die vielen Geschenke sehe, die in den Läden angeboten werden. Auch einen Hund wünschen sich ja viele Kinder zu Weihnachten, aber dass das heutzutage keine gute Idee ist, wissen die Eltern und die Kinder auch. Man muss für ihn sorgen und ihn pflegen. Uns ist das damals nicht schwergefallen, denn außer den kleinen Hunden gab es nur die wilde Natur, in der wir uns austoben konnten. Wie viele Weihnachtsabende sind seither vergangen und wie viele Erinnerungen sind damit verbunden.“

Ich lächle noch lange, nachdem Christa und ich uns am Telefon verabschiedet haben. Es war wieder einmal wunderschön, mit ihr zu plaudern. Wir werden uns nicht aus den Augen verlieren, das versprechen wir uns jedes Jahr aufs Neue, wenn wir zwischen den Jahren telefonieren.

Schwein gehabt – (k)ein Weihnachtsmärchen

12 Minuten

ELISABETH HANNAK

Wie eine Frau mit güldenem Haar mit links den wilden Jägersmann verzaubert und wie ihr braver Mann die ganze Geschichte versteht (nämlich falsch).

Es waren einmal ein frommer und königstreuer Mann und eine fromme Frau. Mit ihren drei artigen Töchtern lebten sie glücklich und zufrieden in ihrer bescheidenen Hütte. Die Mutter mit ihren goldenen Haaren war so schön, dass sich ihres gleichen im ganzen Land nicht fand.

Kleider besaß die Familie des Tagelöhners wenige, jedoch ein Schwein, das zu Beginn eines jeden Jahres geschlachtet wurde. Fleisch und Wurst tauschte der Vater gegen Getreide und Eier ein. Vom restlichen Erlös wurde im Frühjahr wieder ein neues Schwein beschafft.

Viel Zeit verbrachten die Mädchen im Wald, sammelten Beeren, Wurzeln oder Pilze und wurden von ihrer klugen Mutter in die Kunst der Heilkräuter eingewiesen. Dadurch erlernten sie von klein auf auch die magische Kraft von Zauberpflanzen.

An einem sonnigen Herbsttag ritten des Königs Soldaten ins Dorf. Sie spähten Männer aus, die das königliche Schloss herrichten und festlich schmücken sollten. An Weihnachten würde nämlich die Königstochter heiraten. Die Soldaten hatten Order, alle arbeitsfähigen Männer des Dorfes mitzubringen. „An Weihnachten seid ihr wieder zu Hause mit reichem Lohn", versprachen sie ihnen.

„Ade, meine Lieben. Zu Weihnachten bin ich wieder bei euch", rief der Vater, ehe er von den Soldaten mitgezogen wurde. Das war aber noch nicht alles. Weiterhin forderte der König Lebensmittel für seine Hochzeitsgäste. Das fette Schwein wurde an einen Strick gebunden und von den Reitern mitgeschleppt. Bestürzt über diese herben Verluste, weinte die schöne Frau drei Tage lang. Die Töchter halfen ihr beim Wehklagen.

Der Jäger, der am Waldesrand alleine in einer großen Hütte wohnte, versteckte sich vor den Soldaten und beobachtete von weitem das Geschehen. Er sah mit seinen kleinen Schweinsäuglein, seinem schwarzen Bart und den struppigen Haaren nicht nur unheimlich aus, sondern war auch ein garstiger Geselle. Sogar sein Hündchen hatte vor ihm Reißaus genommen.

Schon seit Jahren begehrte der wilde Jäger, die schöne Frau zu besitzen. Nun, da ihr Gatte weg war, schien für ihn die Zeit günstig.

Am ersten Adventssonntag klopfte er an der Tür der armseligen Hütte. „Macht auf ihr lieben Kinderlein, ich will zu eurem Mütterlein". „Mutter, ein Mann steht vor der Tür und will zu dir", riefen die Mädchen wie aus einem Munde. „Ich komme", antwortete die Mutter. Als sie die Tür öffnete, stand der wilde Jägersmann vor ihr und streckte ihr eine wunderschöne Fasanenfeder entgegen. „Schöne Frau, für euch!" „Davon werden meine Kinder aber nicht satt", erwiderte die Mutter. „Doch seid unser Gast." „Mädchen, lasst den Jäger rein, der Arme steht ja bis zu den Knien im tiefen Schnee. Ihn wird es frieren. So gebt ihm von der heißen

Brotsuppe mit den würzigen Pilzen." Die Mädchen taten wie geheißen.

Der wilde Jäger setzte sich an den Tisch und löffelte die Suppe in sich hinein. „Ach wie köstlich!" rief er und schlug sich seinen Wanst voll. Doch auf einmal wurde ihm gar seltsam zumute.

Er langte nach der Mutter, streichelte sie mit der samtigen Feder und vergrub sein Gesicht in ihrem goldenen Haar. Er schnupperte selig. „Köstlich", schnurrte er noch einmal. Er hob sie in seine starken Arme, wirbelte sie herum und rief „Leicht wie eine Feder seid ihr". Dann drehte er ruckartig seinen Kopf herum, öffnete die Augen und rümpfte die Nase ob des üblen Geruchs. Er saß alleine auf dem Brett mit einem Loch in der Mitte, dort wo Kot und Urin hinein plumpsten. Wütend floh er aus dem Haus und eilte durch den verschneiten Wald zu seiner Hütte.

Am zweiten Adventssonntag klopfte er wieder an der Tür.

„Macht auf ihr lieben Kinderlein, ich will zu eurem Mütterlein". „Mutter, ein Mann steht vor der Tür und will zu dir", riefen die Mädchen wie aus einem Munde. „Ich komme", antwortete die Mutter. Als sie die Tür öffnete, stand der wilde Jägersmann vor ihr und streckte ihr ein weiches Fuchsfell entgegen. „Schöne Frau, für euch!" „Davon werden meine Kinder aber nicht satt", erwiderte die Mutter. „Doch seid unser Gast." „Kinder, lasst den Jäger rein, der Arme steht ja bis zu den Knien im tiefen Schnee. Ihn wird es frieren. So gebt ihm vom heißen Tee mit den feinen Kräutern." Die Mädchen taten wie geheißen.

Der Jäger setzte sich an den Tisch und schlürfte das heiße Gebräu. „Ach wie herrlich", rief er, als er den zweiten Becher in sich hinein schüttete, bis ihm der Kopf schwindelte.

Er schlang der schönen Frau das weiche Fell um den Hals. „Herrlich", grölte er noch einmal und kuschelte sich hinein. Seine

Arme fest um sie geschmiegt, hopste er herum. Gerade spitzte er seine Lippen, um sie zu küssen, als er erschrocken innehielt. Was schrappte an seinem Kopf? Als er die Augen öffnete, hielt er in der Hand einen Rutenbesen verkehrt herum, dessen Reisig sein Gesicht zerkratzte.

Zornig warf er den Besen von sich und stob durch den verschneiten Wald zu seiner Hütte.

Am dritten Adventssonntag klopfte er wieder an der Tür.

„Macht auf ihr lieben Kinderlein, ich will zu eurem Mütterlein". „Mutter, ein Mann steht vor der Tür und will zu dir", riefen die Mädchen wie aus einem Munde. „Ich komme", antwortete die Mutter. Als sie die Tür öffnete, stand der wilde Jägersmann vor ihr und streckte ihr ein riesiges Hirschgeweih entgegen. „Schöne Frau, für euch!" „Davon werden meine Kinder aber nicht satt", erwiderte die Mutter. „Doch seid unser Gast." „Kinder, lasst den Jäger rein, der Arme steht ja bis zu den Knien im tiefen Schnee. Ihn wird es frieren. Und gebt dem Gast vom Haferbrei mit den roten Beeren." Die Mädchen taten wie geheißen.

Der wilde Jäger setzte sich an den Tisch und stopfte sich den warmen Brei in den Schlund. „Ach wie himmlisch!", grölte er. Mit Genuss kratzte er eben die letzten Reste zusammen, da fiel ihm der Löffel aus der Hand und er glaubte zu schweben.

Er fasste die schöne Frau fest an den Händen und schwenkte diese hin und her. „Himmlisch", rief er noch einmal und gemeinsam fielen sie auf die Schlafstatt. Heute würde sie ihm nicht entkommen. Voll des Verlangens wälzte er sich auf ihr und grunzte lüstern. Er war am Ziel, nun war sie sein.

Schmatzende Geräusche und eine feuchte Schnauze an seinem rechten Ohr ließen ihn jedoch auf einmal zusammenfahren. Ein bestialischer Gestank stach ihm in die Nase und eine eisige Kälte ließ ihn erzittern. Er blinzelte, bevor er die Augen öffnete. Splitterfasernackt saß er im Schweinekoben und suhlte sich im Dreck. Hals über Kopf raffte er in Todesangst seine Kleider zusammen, klomm über das Gatter und rannte durch den verschneiten Wald zu seiner Hütte.

„Nun reicht es aber“, brüllte er vor Zorn. Voller Verdruss und Ärger tat er die ganze Nacht kein Auge zu. Aber er hatte einen Entschluss gefasst:

Am frühen Morgen machte er sich auf den langen Weg zum Schloss.

Er würde dem König Bericht erstatten, wo seine Soldaten nach einem weiteren Schwein suchen sollten. Der König würde ihn gewiss reich entlohnen und die schöne Frau samt ihrer hinterlistigen Brut in den Kerker werfen.

Über die Wiesen rannte der wilde Jäger so schnell er vermochte, einen eisigen Wind im Rücken. Kaum hatte er den dunklen Wald betreten, glaubte er sich verfolgt. „Nicht umblicken“, sagte er sich. Er stolperte über Wurzeln und Gestrüpp, blieb im tiefen Schnee stecken, rappelte sich auf, zerkratzte sich an meterhohen Brombeerhecken Hände und Gesicht, aber es kümmerte ihn nicht. Das königliche Schloss war sein Ziel. Schon konnte er es durch das dichte Schneegestöber erahnen. „Heute Abend klimpern Goldtaler in meinem Sack“, sann er und tapste weiter. „Damit kann ich mir jede Schönheit kaufen“. Dies waren allerdings seine letzten Gedanken. Eine heftige Böe fegte durch die Bäume und mit einem gewaltigen Rums krachte eine hohe Tanne zu Boden. Mit voller Wucht knallte sie von hinten auf den wilden Jägersmann. Mausetot lag er da – für immer.

Zur gleichen Zeit näherte sich der Vater, vom Schloss kommend, der Unglücksstelle. Durch den hohen Schnee stampfte er vergnügt. Das Ungewitter konnte ihm nichts anhaben. Fest in seinem Arm verwahrte er seinen königlichen Lohn. Er freute sich sehr auf seine Frau und seine Kinder. „Ach du meine Güte“, schrie er aber unvermittelt und blieb jäh stehen, als eine riesige Tanne mit einem fürchterlichen Knall vor ihm zu Boden stürzte. Mit erhobenem Blick bekreuzigte er sich. Dann erst gewahr er den Jägersmann. „Du Armer, hattest wohl kein so ein Glück wie ich! Gott möge deiner armen Seele beistehen.“ Als das Schweinchen in seinem Arm zu quieken anfing, wollte der Vater schon weiterziehen. Abermals streifte sein Blick den toten Jägersmann. „Deine Büchse brauchst du nun auch nicht mehr, ebenso wie den warmen Fellmantel und die Stiefel“, brummelte er. Rasch nahm er das Gewehr an sich und streifte die Kleidungsstücke mühevoll dem Toten ab und sich über. Dann setzte er frohgemut seinen Weg fort. „Da haben wir beide aber Schwein gehabt“, raunte er dem Ferkelchen ins Ohr und drückte dasselbe fest an sich.

Am Abend klopfte es wieder an die Tür der Hütte. „Macht auf ihr lieben Kinderlein, ich will zu euch und eurem Mütterlein.“ „Mutter, ein Mann steht vor der Tür und will zu dir,“ riefen die Mädchen wie aus einem Munde. „Ich komme“, antwortete die Mutter. Sie öffnete die Türe und traute ihren Augen nicht: Ein Jägersmann stand vor der Tür und streckte ihr ein quiekendes Schweinchen entgegen. „Für Euch, schöne Frau!“ „Kinder, lasst den Mann herein. Er steht ja bis zu den Knien im tiefen Schnee. Ihn wird es frieren. Und gebt ihm alles, was wir für Weihnachten vorbereitet haben“, rief die Mutter lachend.

Erst als er den Mantel abgelegt hatte, erkannten auch die Mädchen den Vater. Da war die Freude groß.

Als dieser sich umsah, entdeckte er das riesige Hirschgeweih an der Wand. Daran hing sein alter Hut, verschönt mit einer bunten

Fasanenfeder. Auf der Bank lag schlafend das jüngste Mädchen, eingehüllt in einem weichen Fuchsfell. „Woher die Feder, das Fell und das Geweih?“ fragte der Vater. „Vom wilden Jägersmann. Er hat uns Glück gebracht“, schrien die Mädchen wie aus einem Munde und klatschten in die Hände.

Da nahm der fromme Mann seine schöne Frau in seine Arme, strich den Mädchen nacheinander über den Kopf und sagte mit belegter Stimme: „Ach der Ärmste, liegt nun tot im dunklen Wald, unter einer Tanne begraben. Der Sturm war‘s.“ „Lasst uns für seine Seele beten.“ Die Mutter und die Mädchen knieten sich hin. „Gott möge ihm seine Sünden verzeihen und sein gütiges Herz bei sich aufnehmen“, sprach der Vater.

Nachdem das neue Schweinchen im Stall seinen Platz gefunden hatte, herzten und küssten sich der fromme Mann und die schöne Frau, als wollte es kein Ende nehmen.

Ein paar Tage später feierte die ganze Familie in ihrer geschmückten Hütte ein wundervolles friedliches Weihnachtsfest. Und wenn sie nicht gestorben sind, dann leben sie noch heute – vielleicht sogar in des wilden Jägers Hütte.

Schöne Bescherung!

10 Minuten

ELISABETH HANNAK

Wohin es führt, wenn zwei sich die Treue bis zum Tode versprechen, das Ganze sich aber früher oder später als ziemlich fauler Zauber entpuppt.

Alle Jahre wieder drängte er sich in den Mittelpunkt. Grün und groß. Der Blickfang im Wohnzimmer. Mit seinem kegelförmigen Wuchs und seinem harzigen Wald-Aroma stand er aufrecht und stolz vor dem großen Fenster und schien das Rampenlicht zu genießen.

Silberne und goldene Kugeln glänzten neben Engelchen, die zwischen Lichterketten und Sternen schwebten. Glitzernde Vögel mit weißen Federn klammerten sich, mal mit dem Kopf nach oben, mal mit dem Schnäbelchen nach unten, an dünne Äste. Gemeinsam mit Bing Crosby sang Bertha laut „I'm dreaming of a White Christmas", tanzte mit ihrem Sektglas um den Baum, bis die CD aus und ihr Glas leer war. Mit schnellen Schritten eilte sie in die Küche, öffnete den Kühlschrank, griff sich die Flasche und goss nach. „Prost, mein Hübscher!", rief sie in Richtung Baum. „Guck mal, gleich sind wir fertig! Noch die Schachteln und das Papier wegräumen und dann – kann morgen Heilig Abend kommen!". Sie blickte zum Fenster hinaus. Es hatte zu regnen begonnen, fette Tropfen klatschten gegen die Scheibe. Wieder einmal keine weiße Weihnacht, dachte sie, als sie sich umdrehte. Ihr Blick fiel auf einen Pappkarton, beschriftet mit „Deko: Glas-Anhänger für Tannenbaum". „Ach, du mein Schreck! An euch habe ich gar nicht mehr gedacht!", nuschelte sie und öffnete die Schachtel. Wie unförmige kleine Schneebälle schmiegten sich sechs in weißes Seidenpapier eingewickelte Päckchen aneinander. „Süüß, danke", hatte sie damals geheuchelt, als sie diesen geschmacklosen Weihnachtsbaumschmuck geschenkt bekam. „Weihnachten ist kitschig und du magst doch Originelles, oder?", so nahm Rolf ihr an jenem Heilig Abend vor drei Jahren den Wind aus den Segeln. Diese Glasanhänger, made in China; gold- und silberfarben verzierte Tiere, Personen und rosa-gelbe Alltagsgegenstände in Miniatur, schaukelten seit jener Zeit zwischen Engeln, Kugeln und Vögeln. Seit damals gehörten sie dazu, wie das Jesuskind in die Krippe. Ohne Rolfs kleine Schätze wäre der Baum für ihn nicht vollständig. Zu allen sechs Anhängern fiel ihm etwas ein. „Schau, der Dackel, ist er nicht süß mit seinen kleinen Flügeln? Er soll dich an deine Kindheit erinnern, und diese fliegende Kuh an unseren Urlaub." – „Und die rosa Küchenmaschine?" fragte Bertha und drehte das geschmacklose Etwas in ihrer Hand. „Ich dachte, wenn unsere einmal den Geist aufgibt", lachte er und verschluckte sich dabei fast an seinem Rotwein. „Und da, die beiden hier – schau' mal, ein Hochzeitspaar, wie wir damals", sagte er, nachdem er sich beruhigt hatte. „Die Yoga-Matte?", Bertha sah in fragend an. „Nur so, weil du vielleicht einmal in deinem Leben Yoga machen möchtest." Das letzte, was sie auspackte, war ein Bierglas bis obenhin mit Schaum. „Ja, das ist eher für mich", gestand Rolf und prostete ihr mit seinem Rotwein zu. „Fröhliche Weihnachten, mein Schatz!". Rolf war von seinem Geschenk so beeindruckt, dass er ihre Enttäuschung nicht fühlte. Hatte er eigentlich jemals bemerkt, wie es ihr ging? Ob sie glücklich oder zufrieden war? Musste sich nicht immer alles um ihn und seine Bedürfnisse drehen? Er stand im

Mittelpunkt, er bestimmte. Und wehe, wenn nicht! Bei Bertha stellten sich heute noch die Härchen auf, wenn sie an die Sache mit dem spontan umgeplanten Abendessen dachte ...

Mit Eifer hängte er die neuen Anhänger an den Baum. Das Brautpaar dreht sich noch einige Male um sich selbst, ehe es sich sacht zwischen Kugeln und Vögeln beruhigte. Wie viele Tage in ihrer Ehe war sie glücklich gewesen? Ja, zu Beginn schwebte sie auf Wolke sieben mit ihrem attraktiven Mann. Doch bald kam die erste Kränkung. „Einmal, Schatz. Einmal ist kein Mal. Du hattest die Grippe und ich war alleine auf dieser blöden Weihnachtsfeier und – betrunken. Genau wie Inge, dieses Flittchen.“ Jetzt war Bertha auf der Hut, besonders, wenn er viele Überstunden machte und spontan die Schichten tauschte. Sie war sich sicher, dass es nicht bei diesem einen Mal geblieben war. Denn wie sonst wären seine unzähligen Zahnarztbesuche zu erklären, frisch geduscht, geschniegelt und einparfümiert. Oder dieser „Marderbiss“ vor kurzem: „Schatz, dumm gelaufen, der Wagen ist hin, ich muss über Nacht bleiben!“ Naiv hatte sie vieles entschuldigt und geglaubt. „Sei nicht albern, Bertha, Schatz, du bist und bleibst meine große Liebe. Ich kann doch nichts dafür, dass die Frauen auf mich fliegen?“, sagte er, wenn sie eine Andeutung machte. Aber vor drei Wochen war das Fass übergelaufen. Zuerst glaubte sie, das rote Ding, das aus seinen neuen Halbschuhen herausspitzte, sei das vergessene Etikett. Als sie jedoch daran zog, entpuppte es sich als rüschenbesetzter String-Tanga, der definitiv nicht ihr gehörte. Sollte sie ihn zur Rede stellen? Oder einfach dieses rote Stück Stoff auf den Tisch neben seinen Teller legen? Nach einigem Hin und Her stopfte sie es wieder dorthin zurück, wo er es versteckt hatte. Die darauffolgende Nacht war schlaflos, ihr Grübeln nach einer Lösung jedoch von Erfolg gekrönt, der Plan geschmiedet. Sie kochte Rolf eines seiner Lieblingsessen. Wenn dafür auch das Alpenveilchen, das ihr Inge geschenkt hatte, sein Leben lassen musste. Bertha benötigte nämlich dessen klein gehäckselte Knolle. Da sie Vegetarierin war, hegte Rolf keinerlei Verdacht, als sie die scharfe Gulaschsuppe nicht mitaß. Er dagegen löffelte mit großem Appetit. Das war nun drei Wochen her.

„Leg ihn endlich ad acta!" rief sie sich zur Ordnung und schluckte ihre klitzekleinen Gewissensbisse mit einem großen Schluck Sekt hinunter. „Und jetzt zu euch!", sagte sie dann und wandte sich Rolfs Schätzchen zu. Dackel und Kuh, Küchenmaschine, Yogamatte, Bierglas und Brautpaar lagen friedlich nebeneinander auf dem Couchtisch und warteten auf ihren Einsatz. Sie nahm den Dackel in die eine und die Kuh in die andere Hand. „Heute dürft ihr", sie holte tief Luft, „Heute dürft ihr euch die Köpfe einschlagen, ihr zwei blöden Viecher!" rief sie und knallte mit einem kräftigen Rums die beiden Tiere aneinander. Augenblicklich rieselten die Scherben auf den Boden, gefolgt von denen der Küchenmaschine, des Bierglases und der Yogamatte. Alle drei ließ Bertha, mit ausgestreckten Händen, hoch über ihren Kopf fallen. Mittig stand sie in einem silbernen Scherbenhaufen. „Und das Beste zum Schluss", raunte sie und nahm das Hochzeitspaar in die Hände. Der Braut säuselte sie etwas Unverständliches ins kleine Ohr, bevor ihr rechter Zeigefinger sanft über den Bräutigam streichelte. Ihn auch dort berührte, wo er nie wieder von ihr berührt werden würde. Dann küsste sie ihn schmatzend auf den Mund. „Tschüss mein Lieber, bis dass der Tod uns scheidet." Wieder streckte sie ihre Arme hoch über den Kopf. Langsam öffnete sie die Hände und ließ das chinesische Brautpaar fallen. Zunächst taumelte es wie betrunken, ehe es auf den Fliesen aufschlug. Merkwürdigerweise löste sich die Braut von ihrem Gatten und verlor den Kopf. Dem Bräutigam aber ging es schlechter.

Seine glänzenden Haare waren abgeplatzt, seine Beine und Arme weggebrochen und an der Seite klaffte ein riesiges Loch. Kurz sah Bertha ihn an, dann trampelte sie noch etliche Male kräftig auf ihm herum, bis sie zufrieden war. „Welch schöne Bescherung!“ stieß sie aus, als sie einen großen Schritt über den chinesischen Ramschhaufen machte.

Acht lange Jahre war sie Ehefrau, Rolfs Ehefrau. Fünfmal hatte sie Weihnachten ohne die bunten Weihnachtsanhänger überstanden, dreimal mit. Bertha schüttelte den Kopf und die Vergangenheit weg. Sie streckte die Hand aus und berührte den Baum. Zart und fein waren seine Nadeln. Geräuschvoll zog sie den künstlichen Duft nach Wald ein. „Alles wird gut“, stammelte sie. „Ich schaff das schon!“. Graupelregen trommelte an die Fensterscheibe. Bertha stierte vor sich hin. Es dämmerte. Sie kuschelte sich in ihre Mohair-Decke, Rolfs bestes Weihnachtsgeschenk ever, und schloss die Augen. Wenige Minuten danach schnarchte sie leise und gleichmäßig mit offenem Mund.

Das Telefon läutete. Einmal, zweimal – beim vierten Mal sprang der Anrufbeantworter an. „Hallo, meine Liebe, ich bin's. Hast du dein Bäumchen schon abgestaubt und aufgestellt? Bestimmt, wie ich dich kenne! Du kommst doch morgen pünktlich um 16 Uhr? Ich habe alles soweit vorbereitet und freue mich riesig. Auf dem Tisch stehen schon weiße Alpenveilchen und goldene Kerzen. Alleine Weihnachten feiern, nein, das tust du nicht. Hörst du Bertha. Dich trifft keine Schuld, das weißt du. Er hat doch den Wagen gefahren, oder? Dass er vorher deine Spezialsuppe – und dabei lachte sie laut – gegessen hat, geht niemanden etwas an. Und, meine Liebe, ich sage es dir noch einmal: Es ist gut, dass du ihn loshast – dass wir ihn loshaben – und Bertha, wenn du am Abend unbedingt in diese öde Christmette möchtest, gehe ich natürlich mit. Ich lass dich nicht alleine. Freundin bleibt Freundin. Ehrensache. Bis morgen! Feines Essen, eiskalter Champagner, Geschenke und natürlich ich warten auf dich. Du kannst dich freuen!“ Inges Stimme klang sehr beschwingt. Dann piepte der Anrufbeantworter.

Der Friedensstern

10 Minuten

PETRA SCHOCH

Eine aktuelle Geschichte, die daran erinnert, dass Festtraditionen Menschen und Länder verbinden und auch in den düsteren Zeiten das Licht von Frieden und Hoffnung in die Herzen bringen können.

Mit einem lauten Klirren fiel das Weizenbierglas zu Boden und zersprang in tausend Teile. Die Scherben verteilten sich auf dem ganzen Boden, dann herrschte sekundenlang Stille. Der Barmann fluchte leise, verschwand hinter seinem Tresen und begann die Splitter zusammenzukehren. Der Morgen hatte einen neuen Klang bekommen.

Die Frau im blauen Hosenanzug hatte vor Schreck zu atmen vergessen. Jetzt seufzte sie tief, lehnte sich zurück und strich sich eine Haarsträhne aus ihrem Gesicht. Warum bin ich so nervös, dachte sie und griff nach ihrem Milchkaffee. Das sind doch nur Glassplitter. Den anderen Gedanken schob sie schnell zur Seite. Hier würden keine Bomben fallen. Hastig brach sie ein Stück von ihrem Croissant ab, schob es in den Mund und spülte mit Kaffee nach.

Heute war Donnerstag, der Zug nach Frankfurt kam erst in einer halben Stunde. Ihre Entscheidung für ein französisches Frühstück hatte sie ins Bahnhofsbistro geführt, hier war es deutlich wärmer als in der zugigen Wartehalle. Vorhin war sie kurz vor dem meterhohen Weihnachtsbaum stehengeblieben. Lichtreflexe spiegelten sich in den großen Kugeln, Lebkuchen schmückten den Baum, es duftete nach Zimt und Anis. Sie hatte die Augen geschlossen und sich gewünscht, alles wäre wieder gut an Weihnachten. Um sich von der Illusion loszureißen, zwickte sie sich in den Oberarm. Für viele Menschen würde es kein Weihnachten geben.

An einem Donnerstag im Februar hatte Putin die Ukraine überfallen und er war wieder da: der Krieg in Europa. Seitdem zog er eine Blutspur durch das Land. Raketen rissen Krater in die Wohngebiete, Bomben zerstörten Krankenhäuser und Schulen und der Terror trennte Familien.

Im Bahnhof war reges Treiben: Menschen mit Koffern, Taschen und suchenden Blicken. Manchmal waren die Reisenden von den Flüchtlingen kaum zu unterscheiden. Nur bei denen, die ihre Pässe fest umklammert hielten, war klar, dass sie keine Weltenbummler waren.

Sie war so in Gedanken versunken, dass sie den Barmann erst bemerkte, als er plötzlich neben ihr stand. Ob sie noch einen Wunsch habe?

Sie schüttelte den Kopf und zeigte fragend auf seinen Verband. „Ach, das ist gar nichts, nur eine kleine Schnittwunde“, sagte er. „Daran sterbe ich nicht.“

Stumm zeigte er auf den großen Bildschirm, auf dem rund um die Uhr die Nachrichten flimmerten. Der Ton war abgeschaltet, aber die ernste Miene des Nachrichtensprechers und die Zahl der Kriegsopfer auf dem roten Balken am unteren Bildrand stieg stündlich.

„Letztes Jahr war die Welt noch in Ordnung“, sagte der Mann am Nebentisch, der mit ihr die Nachrichten verfolgt hatte. Sie schaute in ein ovales Gesicht mit tiefliegenden, braunen Augen, einer langen Nase und einem kantigen Kinn.

„Wie bitte?“, fragte sie.

„Letztes Jahr war die Welt noch in Ordnung“, wiederholte der Mann. „Jetzt ist nichts mehr, wie es mal war. Sie zerstören alles. Mein Land, meine Freunde und unsere ganzen Hoffnungen.“

„Sind Sie aus der Ukraine?“, fragte sie.

„Ich bin dort geboren. Es ist meine Heimat.“

Auf den Bildschirm waren jetzt die Reste eines Hauses zu sehen, die Druckwelle hatte die Fassade weggerissen.

„Es war meine Heimat“, korrigierte er sich.

Sie schwiegen beide für einen Moment.

„Seit über zwanzig Jahren lebe ich hier in Deutschland“, fuhr der Mann fort. „Mir geht es gut hier, es ist ein freies Land. Es ist ein schönes Land. Aber meine Familie und meine Freunde sind da unten und kämpfen. Eigentlich müsste ich auch dort sein.“

„Aber so kann das doch nicht weitergehen, das ist doch Wahnsinn! Wann hört das wieder auf?“, fragte sie.

Er zuckte mit den Achseln.

„Das weiß niemand, aber immerhin ist der Blitzkrieg gescheitert. Putin hat nicht mit diesem Widerstand gerechnet.“

Er hat einen Laptop vor sich liegen. In normalen Zeiten hätte sie ihn vielleicht gefragt, ob er an einem Businessplan arbeitet, so wie sie, aber es waren keine normalen Zeiten.

„Wie feiert man Weihnachten in der Ukraine?“, fragte sie stattdessen.

Der Mann lächelt kurz. „Risdwo“, begann er dann. „Das ist das ukrainische Wort für Weihnachten. Für uns ist es das schönste Fest des Jahres und ich kann immer zweimal feiern, im Dezember in Deutschland und im Januar in der Ukraine. Dieses Jahr fällt das wohl aus.“

„Risdwo“ wiederholte sie. „Habe ich es richtig ausgesprochen?“

„Für den Anfang gar nicht so schlecht“, sagte er und grinste.

„Wieso feiert ihr im Januar?“, wollte sie wissen.

„Die orthodoxen Christen in der Ukraine feiern nach dem julianischen Kalender, der Heiligabend ist am 6. Januar und gefeiert wird am 7. Januar.“

„Und die anderen Christen?“

„Die katholischen und protestantischen Christen feiern nach dem gregorianischen Kalender, also am 25. Dezember.“

„Ein ganz schönes Durcheinander, oder?“

„Stimmt, aber seit 2017 ist der 25. Dezember ein offizieller Feiertag in der Ukraine, jetzt können die Kirche und die Gläubigen sogar selbst entscheiden, ob sie das Datum ändern möchten oder nicht.“

„Echt jetzt?“

Er nickte.

„Die meisten Ukrainer sind gegen eine Verschiebung, aber im Moment haben sie wohl andere Sorgen“

„Wohl wahr“, murmelte sie.

„Ich heiße übrigens Roman. Und du?“

„Freut mich, Roman, ich heiße Julia.“

„Es ist so ein wunderschönes Fest, Julia, das muss man einfach erlebt haben. Alle Länder haben ihre Traditionen, aber bei uns haben sie eine besonders große Bedeutung. Vor allem im Kommunismus, als es verboten war, Weihnachten zu feiern, da haben wir eben heimlich gefeiert. Und das hat uns richtig zusammengeschweißt.“

„Was ist denn der größte Unterschied zwischen dem ukrainischen und dem deutschen Fest?“, wollte sie wissen.

„So allgemein kann man das nicht beantworten, aber bei uns versammelt sich an Weihnachten die ganze Verwandtschaft und nicht nur die engere Familie. Und für die Seelen der Verstorbenen liegen immer genug Löffel auf den Tisch, wenn sie uns am Heiligabend besuchen."

„Und was esst ihr so an Weihnachten?"

Roman leckte sich die Lippen.

„Das kann ich gar nicht alles aufzählen, aber es kommen zwölf Fastenspeisen auf den Tisch, für jeden Apostel eine. Es gibt verschiedene Wareniki, das sind gefüllte Teigtaschen. Es gibt die ukrainische Nationalspeise, Borschtsch, Heringe, verschiedene Salate ohne Fleisch, es gibt Weißbrotschnittchen, die mit Sprotten, Butter und Zitrone belegt sind, Plätzchen bis zum Abwinken und ... und ... und ...

„Hör auf", lachte Julia. „Da nehme ich schon zu, wenn du es nur erzählst."

Roman lachte auch. „Dabei habe ich noch gar nichts über Kutja gesagt, unsere berühmte Süßspeise aus gekochtem Weizen, Zucker, Mohn, Walnüssen, Rosinen und Honig."

„Das klingt wie aus einem Märchen. Habt ihr eigentlich auch einen geschmückten Tannenbaum?"

„Aber klar doch, wir dekorieren ihn mit einer Spinne und einem künstlichen Netz."

„Eine Spinne?", rief Julia. „Wozu soll das gut sein?"

„Das ist eine alte Legende. Eine Witwe hatte kein Geld für Baumschmuck und darüber war sie sehr traurig. Aber als sie am Weihnachtsmorgen aufwachte, da sah sie, dass ihr Baum von einem Spinnennetz umwoben war. Es glitzerte herrlich in der Sonne. Sie war so glücklich über diesen wunderbaren Baumschmuck und feierte dann ein friedliches Fest."

„Das ist eine schöne Geschichte", sagte Julia.

Sie schwiegen beide. Für einen Moment war alles friedlich und der Krieg war ganz weit weg.

„Ich muss jetzt gehen“, sagte Julia. „Sonst verpasse ich meinen Zug.“

Roman lächelte ihr zu. „Es war mir eine Ehre dich kennenzulernen, Julia. Danke, dass du dich so für mein Land und meine Traditionen interessiert hast.“

„Ich danke dir, Roman, dass du mich angesprochen hast. Danke für dein Vertrauen. Und weißt du, was ich mir für dieses Jahr an Weihnachten wünsche?“

Er schüttelte den Kopf.

Sie holte den Friedensstern, den ihre Nichte in der Grundschule gebastelt hatte, aus ihrer Tasche. Es war ein schlichter Papierstern mit fünf Zacken, einfach gefaltet und wunderschön. Die Kinder hatten die Sterne mit Holzstiften bemalt. Die eine Hälfte des Sterns war blau und die andere Hälfte gelb. Ein Friedensstern. In den Farben der Ukraine.

„Den schenke ich dir“, sagte Julia. „Und ich wünsche mir, dass jeder Weihnachtsbaum in diesem Jahr mit einem Friedensstern geschmückt wird. Einem blau-gelben Friedensstern. Für den Frieden in der Ukraine und für den Frieden in der Welt.“

Zum Abschied winkte sie ihm zu und Roman winkte zurück. Mit dem Friedensstern in der Hand.

„Fröhlich soll mein Herze springen …“

9 Minuten

Ulrika Bonnet

Über Musik, die unsere Herzen leuchten lässt und Menschen in Gemeinschaft zusammenbringt.

Als meine Freundinnen damit begannen, mit den großen Jungs im Bauwagen am Dorfrand zu verschwinden, fand ich für mich ein unzeitgemäßes Biotop, in dem alle mindestens dreimal so alt waren wie ich: Der Kirchenchor im Nachbardorf traf sich einmal in der Woche im Dämmer der uralt riechenden Sakristei. Die Chormitglieder erschienen mir noch älter als diese, aber so zittrig auch manches Stimmlein sein mochte, die Leidenschaft des gemeinsamen Singens leuchtete so hell, dass ich einmal pro Woche zur Dorfkirche radelte, um mit einzustimmen. Diese Leute interessierten mich:

Da waren die beiden alten Geschwister, Vogelkundler der eine, Meßnerin die andere; beide hatten ganz helle, junge Augen, und auf ihrem Dachboden hauste eine Schleiereule.

Da war der betagte Bauer mit dem Bass, der wie tief aus der Erde grollte und die höheren Stimmen trug wie eine verlässliche Scholle.

Und da war die zarte, weißhaarige Frau, die mir einmal ihre Sehnsucht verraten hatte: aufzuwachen und Französisch sprechen zu können.

Die Chorleiterin glühte vor Einsatz, auch das Letzte aus dem manchmal wackeligen Klangkörper herauszuholen. Unterstützt wurde sie vom rotbackigen Sohn des Pfarrers, der jünger war als die anderen und nicht nur meine Stimme, sondern auch mein schwärmerisches Herz zum Leuchten brachte.

Wir übten alte Kirchenlieder, die neu für mich waren, und in deren archaischer Architektur ich aufging. Mittwochabends radelte ich ins Mittelalter und danach, sonderbar beglückt, durch die Nacht nach Hause. Unser Repertoire baute sich das ganze Jahr hindurch auf, um im Ostergottesdienst und beim Altensingen im Advent das Ohr der Welt und die Leute im Dorf zu erreichen.

Als es dann auf Weihnachten zuging, sollte ich zum ersten Mal beim Adventssingen dabei sein. Die Taktung der Proben davor war enger geworden und wir hatten uns ein umfangreiches Repertoire an Advents- und Weihnachtsliedern erarbeitet: „Wachet auf, ruft uns die Stimme des Wächters sehr hoch von der Zinne ...“ – und die anderen Sängerinnen und Sänger schienen sich dabei geheimnisvoll zu verwandeln. Zunehmend erfüllte sie eine heitere Erwartung, die Augen glänzen und runzelige Wangen glühen ließ. Etwas schien sich in ihnen auszudehnen wie in den Weihnachtsliedern, welche die frohe Botschaft des Kommenden kündeten. Plötzlich kamen alle ganz regelmäßig und keiner versäumte auch nur eine Probe.

Und eines Abends war es dann so weit: Wir zogen los, eine ganze Schar dunkler Gestalten, die unter blinkenden Sternen durch den knirschenden Schnee stapften und die Häuser ansteuerten, die von der Chorleiterin nach einer geheimnisvollen Agenda bestimmt wurden. Häuser, in denen alte Leute lebten. Wir klopften an und uns wurde aufgetan: denn alle, alle, alle erwarteten uns bereits.

Das dunkle Dorf wurde zum großen Adventskalender: Hinter jeder Haustür, hinter jedem erleuchteten Fenster eröffnete sich ein neues Universum. Hier funzelte eine trübe Stubenlampe über einer Wachstuchtischdecke, während Nussbaumschränke wie träumende Elefanten im Hintergrund dunkelten. Dort auf dem Fensterbrett blühten Weihnachtssterne und Kakteen. In manchem dunklen Hausflur flüchteten Katzen wie ein Hauch um unsere Beine. In einigen Häusern roch es nach Stall, von den Kühen oder der Erinnerung an sie. Von mancher Decke hingen honigfarbene Fliegenfänger, Künder von summenden Sommern. Oft wurden wir ins Wohnzimmer gebeten, wo Alte in zu groß gewordenen Sesseln mit leuchtenden Augen unseren Liedern lauschten. Manchmal landeten wir auch in der Küche und quetschten uns alle um den Herd: durch die Ofenklappe blinzelte das Feuer und wurde uns ein Zuhause für die Länge von fünf Weihnachtsliedern. Manche Stuben flackerten blau vom Licht des stummen Fernsehers. Manchmal wohnte dort auch eine große Einsamkeit. Da konnte ein Lachen direkt ins Weinen kippen und stille Tränen in tiefen Wangenfurchen versickern. Wir ließen dann Hoffnungsschiffe anlanden, führten das himmlische Jerusalem ins Feld und gingen mit Maria durch den Dornwald. Und wenn wir weiterzogen, hatten sich die Traurigen meist wieder gefangen.

Die Gesichter der Zuhörenden standen manchmal offen wie alte Bücher. Wir hörten Füße schlurfen, Husten und das Räuspern knarzender Stimmen, Sacktücher wurden scheu in gichtgekrümmten Händen geknüllt. Es gab Damenbärte, wilde Brauen und dünn gewordene Zöpfe, akkurat zum Dutt aufgesteckt. Und immer und überall empfing uns eine große Freude, Freude über uns und unser Singen:

Da war die alte Magd, die in ihrer Jugend den Geruchssinn verloren hatte, als sie hinterm Kunstdüngerstreuer über den Acker ging. Ihr Gesicht war ein andauerndes Zucken, ihre Sprache nur

Eingeweihten verständlich, aber dazu zählten im Dorf ja alle. Im Laufe ihres langen Lebens hatte sie so viele Kühe gemistet und gemolken und gebürstet, dass ihre Hände darüber zu knotigen Wurzeln geworden waren.

Wir trafen die ehemalige Krautschneiderin, ein altes Mädchen, noch immer flink und behände.

Der schönste alte Mann für mich war der Schuhmacher, dessen feines Gesicht still in der sauberen Wohnstube leuchtete, ähnlich den Schafen im Mondlicht, die Jesus überm Sofa hütete.

Am Ende des großen klingenden Adventskalenders kam dann eine Tür, hinter der uns die Älteste überhaupt erwartete: Von allen nur Dote genannt, waren ihr über hundert Menschenjahre den Buckel hinuntergerutscht. Dabei war sie zu einem kleinen, grauen Zwerglein geschrumpft. Dünn wie ein Fliegenbein, in dunklen Strumpfhosen und nebelgrauer Kittelschürze empfing sie uns, auf dem Bügelbrett türmten sich die Latzhosen eines Riesen. Als wir ihre unverminderte Schaffenskraft lobten, verwies sie schüchtern aufs Hermännle, ihren Großneffen, der sie doch noch brauchte – kein kleiner Junge allerdings, sondern ein gestandenes Mannsbild in mittleren Jahren, der sich schüchtern im Hintergrund hielt, während wir „Tochter Zion“ schmetterten, dass der Wäscheberg wackelte.

Plätzchen gab es überall für uns, selbstgebacken oder aus dem Discounter, mit bunten Zuckerstreuseln, auf Servietten oder Papptellern, mit oder ohne Adventskranz, und in manchen Häusern mussten wir uns gegen Trinkgeld wehren und dann doch einen Schnaps trinken. Aber wirklich überall wurden wir erwartet. Gleich einer Königsschar mit Gold, Weihrauch und Myrrhe in den Kehlen zogen wir ein in die Küchen und Stuben und Herzen und Sinne und packten unsere Schätze aus. Unsere Stimmen wurden immer besser und unsere Herzen ganz leicht vom Schimmern der Lieder und der Freude der Alten.

Und irgendwann, als wir alle Türen geöffnet und alle Menschen getroffen und alle Lieder gesungen hatten, zogen wir durch die Nacht wieder nach Hause. Der Schnee knirschte unter unseren Füßen, es war dunkel um uns, aber wir alle waren angefüllt mit der großen Freude hinter all den Türchen dieses klingenden Adventskalenders. Es war die schönste Weihnachtsfreude, die mit jedem Teilen mehr geworden war.

Wir waren Laternen, voll von Licht.

Ihr Vorlese-Geschenk für Gruppen – ein kleines Vorlese-Training

Die neuen Weihnachtsgeschichten zum Vorlesen richten sich ausdrücklich an Menschen, die Adventsfeiern oder Kaffeenachmittage, aber auch alle anderen Arten von Zusammenkünften im Advent, mit lebensnahen, manchmal verschmitzten, aber auch nachdenklichen Texten bereichern wollen. Diese werden im Allgemeinen von nicht-professionellen Sprechern und Sprecherinnen vorgetragen. Die folgenden Hinweise, Tipps und Vorschläge unterstützen Sie bei der wunderbaren Herausforderung, die ein Vorlesegeschenk speziell für Gruppen bietet.

Gut und überall zu hören.

Nicht jeder ehrenamtliche Vorleser, nicht jede Gruppenleiterin verfügt über eine ausgebildete Sprechstimme. Gerade bei Vorlese-Cafés oder Seniorenveranstaltungen sind meist die Hintergrundgeräusche so laut wie die Hörbeeinträchtigung bei Teilen des Publikums hoch sein kann. Machen Sie Ihr Vorlesegeschenk zu einem Event und planen Sie Räumlichkeit, Sitzposition und besonders eine technische Unterstützung von vorne herein mit ein. Der Elektronikhandel um die Ecke oder Konzertveranstalter in der nächstgrößeren Stadt wird Ihnen für wenig Geld Mikrofon und Verstärker aufstellen. Eine riesengroße Erleichterung für alle Beteiligten.

Die ausgewählte(n) Geschichte(n) einüben.

Flüssig lesen zu können, reicht den meisten Vorlesern und Vorleserinnen aus, um anderen ein Vorlesegeschenk zu machen. In vielen Fällen ist das jedoch zu wenig! „Laut und deutlich“ gilt vielleicht für abgelesene Reden oder Wortbeiträge in Versammlungen, aber unsere Geschichte soll Ihre Zuhörenden eben ganz in ihren Bann ziehen, in das Erlebnis, in die Atmosphäre oder auch in die Zeit des Geschehens entführen. Wie die Profis sollten Sie vor dem Auftritt ihre ausgesuchte Geschichte mehrmals laut gelesen haben, bis Sie genau den Spannungsbogen kennen. Machen Sie sich unbedingt Kennzeichen an die Stellen in Ihrem Vorlese-Buch, an denen Sie Pausen, Betonungen, Bemerkungen vorgesehen haben. Im Lese-Eifer fällt Ihnen ansonsten womöglich erst zum Schluss ein, wie Sie es gerne gemacht hätten.

Satzzeichen nicht zu dogmatisch sehen.

Punkt und Komma, mit denen eine Autorin ihre Geschichte strukturiert, unterliegt oft einfach den Regeln der Grammatik. Die Idee, der Gedankenfluss, die Dynamik des Satzes würde gesprochen gar keine Pause enthalten? Dann machen Sie keine! Es geht nicht darum, die Texte buchstabengetreu wiederzugeben. Ihre Aufgabe als Vorleserin oder Vorleser liegt darin, mit dem vorliegenden Geschichtenstoff Ihr Publikum zu verzaubern.

Lebendige Sprache auch beim gedruckten Text.

Als Persönlichkeit, die anderen ein Vorlesegeschenk macht, sind Sie höchstwahrscheinlich in der Lebenswelt Ihres Publikums zu Hause. Sie kennen die gängigen Formulierungen, die verwendeten (Fach-)begriffe, vielleicht auch die wiederkehrenden Sprüche oder Witze der Beteiligten. Zu jeder Zeit dürfen Sie diese Kenntnisse einsetzen, einfügen, und damit die vorliegende Weihnachtsgeschichte noch passender und geeigneter für gerade diesen möglichen Anlass machen! Schreiben Sie sich genau auf, welche Einsprengsel Sie vorhaben. Die Zuwendung des Publikums ist Ihnen sicher.

Sprechende Personen kenntlich machen.

In manchen Geschichten kommen Gänsefüßchen vor und markieren, dass die Charaktere in der Geschichte nun direkt miteinander kommunizieren. Im Höchstfall sind zwei Stimmen auseinander zu halten. Ungeheuer schwer durchzuhalten: die beiden Personen mit einer jeweils eigenen Tonlage zu versehen und zum Beispiel den Mann tief, die Frau hingegen durchgehend höher zu sprechen. Machen Sie die unterschiedlichen Charaktere gerne durch eine markante Sprechweise kenntlich, aber notieren Sie für jede wörtliche Rede genau, welcher der Charaktere spricht und geben Sie ihm entsprechend einen zögerlichen, unsicheren, heiteren, neugierigen, verwunderten Klang.

Wir wünschen Ihnen viel Freude und Applaus für Ihr Vorlesegeschenk!

Die Autorinnen

ULRIKA BONNET
Ulrika Bonnet, 1978 im Schwarzwald geboren und aufgewachsen, ist seit langem guten Geschichten auf der Spur. Als Ethnologin und Kulturvermittlerin verbindet sie Wissenschaft und Poesie, sichtbare und unsichtbare Welten – in Publikationen und als ethnopoetisches Erzähltheater auf der Bühne. Ihr Basislager ist in Stuttgart.

HELGA FRICKER
Helga Fricker wurde am 11.11.1943 in Niederbayern geboren. Nach dem Abitur bei den Zisterzienserinnen in Seligenthal studierte sie Germanistik und Anglistik in München und Tübingen. Nach dem Referendariat unterrichtete sie Deutsch und Englisch an verschiedenen Gymnasien. Jetzt ist sie im Ruhestand. Sie ist verheiratet und hat zwei erwachsene Töchter.

MARLIES GRÖTZINGER
Marlies Grötzinger, 1959 in Laupheim geboren, lebt und arbeitet in Oberschwaben und am Bodensee. Bisher hat sie mehrere Bücher veröffentlicht, darunter drei Bodensee-Romane, zuletzt „Seerausch", erschienen 2021 im Gmeiner-Verlag. Für „herausragende Verdienste um die Heimat" wurde sie mit der Heimatmedaille des Landes ausgezeichnet.

PETRA HAAS
Petra Haas, 1968 in Bad Schussenried zur Welt gekommen, ist selbst Vollblut-Mama und liebt Bücher, Geschichten und Vorlesen

sehr. Immer mehr sucht sie nach Wegen, um all ihre gesammelten Geschichten nach Außen dringen zu lassen. Ihre Geschichte in diesem Buch ist erst der Anfang ... Sie lebt in Aulendorf im südlichen Oberschwaben.

Elisabeth Hannak

Seit ihrer Jugend schreibt sie gerne und begann während eines Studiums zur Sozialpädagogik mit dem Ausdenken von Kindergeschichten. 2017 erfolgte der Eintritt in den „Verein der Ulmer Autoren e.V '81". Seit kurzem ist Elisabeth Hannak dessen erste Vorsitzende. Ihre Spezialität sind Beziehungsgeschichten – die oft etwas anders ausgehen, als der geneigte Leser es vermuten würde ...

Natalie Heilemann

Natalie Heilemann, geboren 1989, ist Führungskraft im Personalwesen im öffentlichen Dienst. In ihrer Freizeit wird sie gerne kreativ, schreibt Kurzgeschichten und hält Natur- und Reiseerlebnisse auf dem Papier lebendig. Die Autorin lebt in Wendlingen am Neckar. Ihren Kindheitstraum, Schriftstellerin zu werden, erfüllt sie sich mit dieser ersten Veröffentlichung.

Anne Hepp

Anne Hepp, Jahrgang 1953, wuchs auf einem Bauernhof im Kreis Biberach mit sieben Geschwistern auf. Sie ist Hausfrau, als Einsatzleiterin in der Nachbarschaftshilfe tätig, im Seniorenteam aktiv, außerdem Lektorin und Wortgottesdienstleiterin. Auch das Schreiben ist eine ihrer Leidenschaften. Aktuell befasst sie sich mit ihren Kindheitserinnerungen.

Mirjam Hesser

Mirjam Hesser, geboren 1976 in Reutlingen, studierte Lehramt in Schwäbisch Gmünd und bildete sich in Theaterpädagogik und kreativem Schreiben fort. Sie lebt in Hörvelsingen, hat zwei Kinder und schreibt am liebsten Lyrik oder lyrische Kurzprosa. Seit Lyrik-Seminaren mit Werner Dürrson tauscht sie sich in Schreibgruppen und Werkstattgesprächen der Ulmer Autoren mit anderen Schreibenden aus und ist immer wieder aufs Neue fasziniert von der Vielfalt der (lyrischen) Sprache.

Renate Ill

Renate ILL, Jahrgang 1945, ist im Bergischen Land aufgewachsen. Als Chefsekretärin, Werbeassistentin, Schreinerin, Krankenschwester, Freiberuflerin, Hauswirtschafterin und Kinderbetreuerin hat sie viel gesehen auf Reisen von Amerika bis Neuseeland, von Island bis Südafrika. Jetzt genießt sie die Freiheit im Garten, beim Malen und Schreiben.

Angelika Jedelhauser

Angelika Jedelhauser, geboren und aufgewachsen in Oberschwaben, studierte Figurentheater an der Hochschule für Musik und Darstellende Kunst, Stuttgart. Nach Lehr- und Wanderjahren gründete sie 2002 in Berlin das Figurentheater Unterwegs und ist seitdem in Deutschland und darüber hinaus auf Reisen. Seit 2011 lebt sie in Bad Waldsee.

Lore Kipphan

Lore Kipphan wurde 1956, als viertes Kind, in eine Arbeiterfamilie in Oberschwaben geboren. Sie absolvierte eine Lehre im biologisch-dynamischen Gartenbau. Nach Heirat 1976, der Geburt dreier Söhne und zehn Jahren Arbeit in einer Heimsonderschule, ist sie seit 1995 alleinerziehend und als Postbotin tätig. 2004 in eine nigerianische Großfamilie eingeheiratet, 2008 zurück zu den Wurzeln, nach Wangen im Allgäu und zum heimischen Dialekt.

Christa Konrad

Christa Konrad, in Wangen/Allgäu geboren, ist die meiste Zeit ihres Berufslebens für einen Kosmetikkonzern im Schulungsbereich tätig gewesen. Sie lebt in Neu-Ulm. Einige ihrer Gedichte und Kurzgeschichten sind im Anthologien-Band der Ulmer Autoren „Unterwegssein" (2015) und in der „Kampenwand", (Aschauer Autorenwoche Band 2, 2017) erschienen.

Hildegard Kussauer-Fink

Jahrgang 1953, lebt in Bad Wurzach-Hauerz. Sie hat unter anderem als Restauratorin und Lehrerin gearbeitet und engagiert sich für das Leprosenhaus-Museum. Seit vielen Jahren schreibt sie und bettet ihre Beobachtungen, Erlebnisse, Begebenheiten und Erfahrungen in kleine Erzählungen und Geschichten. Auf Wunsch ihrer Kinder und Enkelkinder schreibt sie vermehrt Geschichten über ihre Familie auf. Damit wertvolles Wissen nicht verlohrengeht.

Celina Link

Celina Link, geboren 2004, hat früh ihre große Leidenschaft für das Schreiben entdeckt. Von schönen und bildgewaltigen Erzählungen ließ sie sich schon immer fesseln. Von ihrer Ausbildung zur staatlich anerkannten Erzieherin kennt sie die Bedeutung des geschriebenen Wortes, zum Träumen verleitender Bilderbücher oder fantasievoller freier Erzählungen für Kinder. Celina wohnt in Rot an der Rot.

Jutta Merkt-Schmidt

Jutta Merkt-Schmidt, Jahrgang 1959, arbeitet seit vielen Jahren als Psychologin und Psychotherapeutin mit Familien in verschiedenen sozialen Kontexten und ist in der verbleibenden freien Zeit leidenschaftlich kreativ mit Wörtern, Bildern und Bewegung.

Andrea Nesseldreher

Andrea Nesseldreher, geboren 1973, war schon immer eine Leseratte. Sie studierte Rechts- und Verwaltungswissenschaften und arbeitete als Forschungsreferentin und Studienkoordinatorin an den Universitäten Gießen und Speyer. Während der Familienpause veröffentlichte sie 4 Kinderbücher und arbeitet an ihrem ersten Unterhaltungsroman für Erwachsene.

Hanna Nuber

Jahrgang 1950, lebt und arbeitet in Oberschwaben. Sie schreibt Kulturberichte für die regionale Presse, ist Co-Autorin bei Bildbänden, Freizeitführern, Anthologien und Chroniken. Sie verfasst Biographisches, auch Lyrik und Prosa in schwäbischer Mundart. Zeitgeist und Erlebnisse mit ihrer Familie sind ihre bevorzugten Themen.

Lyra Von Rabenstein

Lyra von Rabenstein, Jahrgang 1992, absolvierte nach einer kaufmännischen Ausbildung erst ein Ingenieursstudium, bevor sie ihrer großen Leidenschaft, dem Schreiben, mehr Platz in ihrem Leben einräumte. Wenn sie einmal nicht schreibt, läuft sie der Realität davon und denkt sich ihre nächsten Geschichten aus.

Susanne Rauchhaus

Susanne Rauchhaus, Jahrgang 1967, ist freie Kinder- und Jugendbuchautorin und lebt mit ihrer Familie in der Nähe von Esslingen am Neckar. Nach ihrer Ausbildung zur Fremdsprachensekretärin arbeitete sie unter anderem in einer Werbeagentur und in der Redaktion einer Fachzeitschrift. Seit 2008 ist sie freiberufliche Kinder- und Jugendbuchautorin und arbeitet auch als Texterin und Lektorin.

Annette Maria Rieger

Annette Maria Rieger ist so alt wie ihr Mercedes Strich8, Baujahr 1971. Sie ist im Schwarzwald aufgewachsen, hat in Dresden als Gerichtsreporterin gearbeitet, an der FU Berlin die Journalisten-Weiterbildung besucht, war viele Jahre freiberufliche Pressefrau für Buchverlage und ist mittlerweile Lokal-Redakteurin der SÜDWEST PRESSE in Horb.

Anja Sandmann

Anja Sandmann, Jahrgang 1981, ist in Leipzig aufgewachsen. Nach dem Studium der Linguistik und Philosophie in Leipzig und Berlin, kehrte sie der Großstadt den Rücken und fühlt sich seither zwischen Donau und Bodensee heimisch. Seit über 10 Jahren arbeitet sie als Redakteurin in einem Buchverlag. Mit „Weihnachten hat viele Gesichter“ gibt sie ihr schriftstellerisches Debüt.

Petra Schoch

Petra Schoch, Jahrgang 1964, hat Deutsch, Französisch und Technik auf Lehramt studiert und schreibt aus Lust und Leidenschaft. Sie ist Schulamtsdirektorin und Vorstandsvorsitzende im Hauptpersonalrat für den außerschulischen Bereich beim Ministerium für Kultus, Jugend und Sport. Ihren ersten Roman „Body Life Balance“ hat sie 2020 veröffentlicht.

Susanne Waldner

Susanne Waldner, Jahrgang 1959 wuchs in Friedrichshafen auf. Als gelernte Fremdsprachenkorrespondentin war sie permanent „sprachlich aktiv“. Sie hat bereits ihre Hobbys Kochen und Backen in einem Kochbuch umgesetzt und schreibt gerne Kurzgeschichten über alle Themen, die etwas mit ihrem Leben zu tun haben.

Elisabeth Weiger

Elisabeth Weiger, Jahrgang 1950, arbeitete bis zu ihrer Pensionierung als Lehrerin und wohnt in Sigmaringen. Aufgewachsen am Rande eines großen Truppenübungsplatzes waren Bücher schon früh das Tor zu einer Welt jenseits des kleinen Dorfes. Als freie Mitarbeiterin arbeitet sie für die Schwäbische Zeitung, besucht Schreibseminare und schreibt in Kurzgeschichten ihr Leben auf.

Waltraud Wolf

Waltraud Wolf widmet sich seit ihrem Zeitungsvolontariat vor mehr als fünfzig Jahren dem Lokaljournalismus. Dabei sind Kommunalpolitik und Kultur bis heute ihre bevorzugten Themen. In ihren Glossen gabelt sie außerdem Geschehnisse des Alltags auf, bringt sie zu Papier und trägt sie neuerdings vor Publikum vor. Sie lebt in Altheim bei Riedlingen.

Christa Zöllner-Haberbosch

Christa Zöllner-Haberbosch, Jahrgang 1953, lebt in Riedlingen an der Donau. Seit frühester Kindheit eine Leseratte, kann sie sich ein Leben ohne Bücher gar nicht vorstellen. Sie ließ sich von der Corona-Krise nicht zermürben, sondern nahm an einer digitalen Schreibwerkstatt und weiteren Workshops teil, wo sie ihr Talent zum „selber Schreiben“ weiterentwickelte.